JN072832

朱色の命

長野修

論創社

目次

朱色の命

一

電車のドアが開くと、草いきれを含んだ真夏の熱風が、僕の体をなめまわすようにドッと全身を包み込んできた。神経を麻痺させるような激しいセミの声が、ほとんど徹夜状態の僕の頭の中にジンジンと響き渡り、意識の働きをさらに鈍化させていく。

約三年ぶりに降り立った故郷の駅のホームからは、はじめて田舎を離れた二十年前とほとんど変わらない景色が見渡せる。駅の正面に立つ五階建てのビルは高校時代と少しも代わり映えがしないし、駅をはさんで反対側に広がるあたり一面の田んぼには、夏の強い日差しを浴びた稲が、昔と同じく緑の絨毯のように波打っていた。

タクシーに乗りこむと、僕は、父が入院したという病院の名前を運転手に告げた。歩いても十五分程度で着く距離だったが、徹夜明けの体にはそれも辛い。医者と交わした約束の時間もすでに若干過ぎている。急がなきゃいけないのだ。

姉から電話がかかってきたのは、三日前。父が急きょ入院したから、一度帰ってきてくれという電話であった。しばらく続いた息苦しさが気になって病院でレントゲン撮影をしてもらったところ、心臓が通常より大きく映っているらしい。原因ははっきりと分からないが、検査を兼ねて急きょ入院することになったという。

約束の時間よりも二十分ほど遅れて病院に到着すると、僕は狭い応接室で待たされた。しばらくすると、担当の医者が入ってきた。三十代前半といった感じの医者だった。

「ご兄弟の方はどうされたんですか？　ご一緒ではないんですか？」

「時間が合わなかったので、とりあえず私ひとりで来たんですが」

医者は、苦笑いしながら、立ったまま言葉をつないだ。

「病状の説明は何度もできませんので、できれば、ご兄弟全員がそろったときにしたいのですが。一人ずつ来られて、毎回同じ説明をするのは大変なんです」

「ということは、今日は説明ができないということですか？」

「できれば、後日、時間をあらためて来てもらえますか？」

約束の時間に若干遅れたとはいえ、仕事を懸命に片付けて、飛行機に飛び乗って、東京から九州の片田舎までやってきたのに、その言いぐさはないだろう、僕は丁重に接しようとする気持ちが切れてしまって、語気を強めて言い返した。

「東京から飛んで帰ってきたのに、それはないでしょう。時間がないんだったら、短時間でいいですよ。他の兄弟には私から伝えておきますから」

医者は、面倒な客にほとほと困ったというような表情を見せながら、説明するのはこれっきりにしてもらうということを何度も強調した。

僕は、こんな生意気なくそガキに父親の生死を握られているのが情けなく哀しかったが、後々問題を残すのも嫌だったので、ひとまず、全部了解したうえで、十五分以内で説明を聞くことにした。

心臓が肥大して見えるのには、大きく三つの原因が考えられるとのこと。もっとも厄介なものはがんである。非常に稀ではあるが、心臓を包む膜、つまり心膜の下にがんができていて、その心膜と心臓のあいだに水が溜まっている可能性があるというのだ。いずれにしても詳しい検査をしてみないとわからないが、その場合の治療方法をいくつか提示するので、どれを選択するか考えておいてほしいとのことであった。

時間はきっかり十五分。医者は話を終えると、「時間ですので」と言い残して、さっさと部屋を出ていった。

　僕は医者の説明をメモした手帳をバッグの中にそそくさと押しこんで、父親の病室へと歩いていった。病室へと向かう廊下は、薄っぺらなスリッパの音を大げさにはね返し、不安と心細さを確実に増幅していた。

　父は、母が十八年前に亡くなって以来、ずっと一人で暮らしてきた。幸い、姉が車で二十分ほどのところに住んではいたが、よくぞ、これまで気丈に暮らしてきたものだと思う。姉の話によると、男やもめの家にありがちな散らかし放題の家になることは絶対になかったそうだ。昔から潔癖症ではあったが、一人身になってからはさらに拍車がかかったように几帳面になったらしい。それは、やもめ暮らしだから崩れた生活も仕方がないと、近所に思われてはならないという、父独特のプライドであるような気がした。

　病室に入っていくと、六人部屋の一番窓際のベッドに父が横たわっていた。僕は極力感情を表に出さないように、「おお」とも「ああ」とも区別がつかない曖昧な声で言葉をかけた。

「おお、浩一、来たとか？　無理せんでよかったとに。仕事は大丈夫か？」

父も淡々とした顔と声だった。

「大丈夫、大丈夫。仕事は一段落したところやけん」

禿げ上がった額に小さなシミがいくつもあるのは、八十歳の年齢としては当然だろうし、黒目の光が薄いのも仕方ないことだろうが、寝巻きの下に見えるあばら骨は少し哀しく見えた。

「千恵子君は元気か？」

父は、どういうわけか、僕の妻を君付けで呼ぶ。

「おう、元気たい。子どもも元気に育ちよる」

妻のお腹には、そのとき、四ヶ月になる子どもがいた。結婚してもなかなか妊娠せず、四年目にしてやっとできた子どもだけに、検査薬を片手に、トイレから「できたよ」と大きな声で出てきたときには、二人で文字通り小躍りして喜んだものだ。

「何ヶ月になったとか？」

「まだ四ヶ月」

「つわりはどうや？」

「そがん、酷くはなかごたる」

「そりゃあ、よかったぞ」

会話が途切れた。僕は、窓から見える田舎の夏空を見上げながら、言葉を捜してみたが、夏空があまりにきれいで、日常生活用の会話がどうしても見つからなかった。


その日の夜は、誰もいない築三十年になる家で、一人で過ごした。夕食を作るにしても材料らしきものがほとんどなかった。かといって、外食をするような適当な店も近くにはない。仕方がないから、歩いて二十分くらいのところにあるスーパーマーケットで惣菜などを見繕って、一人で食った。

妙に赤い画面のテレビで、できるだけ楽しそうな番組を探してみたが、どれもこれも白々しくてつまらなかった。地方版のＣＭが気分をいっそう暗くした。

風呂でさっぱりしようかと思ったが、幼い頃は広く感じた湯船は狭くて窮屈だった。水滴がついた天井からは、黒ずんだカビが見下ろしていた。和室に敷いた布団はいかにもぽつねんとしていて、天井からも窓からも廊下からも誰かがじっと見ているようで落ち着かなかった。豆電球のほのかな明かりは、冴えきった頭をさらに研ぎ澄まさせるばかりであった。

翌々日、僕は、見舞いに行く前に、久しぶりに自分が生まれ育ったこの町の様子を見ておきたくなった。本当であれば、タクシーで病院まで直行するはずだが、遠回りして歩きながら病院に行くことにした。

久しぶりに歩く町の裏通りには、二十年前とほとんど変わらない、時代から取り残されたような光景があちこちに広がっていた。それは、僕にかすかな安堵感をもたらしてくれたが、同時に、後ろを振りかえると誰もいないような空虚さも感じさせた。

しばらく歩くと、隣町との境を流れる押寄川のたもとに出た。この川が流れこんでいる有明海は、日本一、干満の差が大きい海だから、満潮のときには、海のほうから川上に向かって水が流れ込んでくるという奇妙な現象が見られる。山側のほうに向かって水が流れていく不思議な光景というものを、僕はここ以外の川では見たことがない。

川底は、有明海の干潟と同様、粘土質の土でねっとりとしていた。引き潮で水が引くと、川幅はグンと狭くなり、灰色の粘土質の川底には蟹が住みつく穴が無数に見えた。水は、黄土色の絵の具を流したような色で、透明度はゼロだ。

僕が中学生のころ、友達と二人でこの押寄川で釣りをしていると、友達が薄気味悪いものを釣り上げた。僕とは少し離れたところで釣っていた彼は、血相を変えて僕のところに走ってきた。

「浩一、ちょっと来て！」

「なーんや、今、よかとこばってん」

「よかけん、来てよ」

彼は、僕の手を強引に引っ張ると、川下のほうへと、どんどん歩いていった。

「どうしたと」

「髪の毛、髪の毛が釣れたと！」

「何じゃ、そりゃあ」

僕は何のことかさっぱり分からないまま、彼の釣り場に引っ張りこまれた。

「これよ、これ！」

彼は、その黒い塊から三メートルほども離れたままのところに立ち尽くし、おそるおそる指先でそのものを指していた。

そこには、真っ黒い髪の毛の束がばっさりと落ちていた。女性の髪らしく、長さは三十cmほどもあった。髪の束からはいまだに水のしずくがコンクリートの上にダラダラと流れている。

目を凝らしてみると、髪の束の片側には、頭皮に収まっているはずの白い毛根がうっすらと見て取れた。命の片割れを探してでもいるかのように、哀しく白くふやけていた。

「何だよう、これは！」

僕は、彼と同じ位置まで後ずさりしながら、独り言のように叫んでいた。

「なんか急に竿が重うなったから、うなぎが釣れたと思って、大急ぎで上げたら、コレよ。重くて重くて、竿がえらいしなったよ」

「これ、女の髪やろうか？」

「女か男か知らんけど、間違いなく、人間の髪やろう」

「どうする？」

「どうするって、どうもこうもでけんやろうもん」

友だちは怒ったように、そう言い捨てた。

僕は、どうしていいのか分からぬまま、髪の束から流れ出ている水をじっと目を凝らして見つめていた。

しばらくすると、粘土質の土の中から出てきた小さな蟹がコンクリートをよじ登ってきた。一匹、二匹、三匹、やがて十匹ほどの蟹が、コンクリートの上を這いずり回りながら、髪の束に引き寄せられるように近づいてきた。そして、小さなほうのハサミを使って、毛根の白い部分をつまみ始めたのだ。目に見えないほどの肉片が引きちぎられたのかどうかは定かではないが、せわしなく口へと運ぶ運動を繰り返している。髪の束の根元にたかる十匹ほどの蟹の背中は、不気味なほど赤かった。

「気色わる！　俺は帰るばい！」

彼は、怒ったようにそう言い放つと、竿と釣り道具を手に持った。そして、コンクリートの上に寝そべったままの真っ黒い塊を、運動靴で思いきり川に向かって蹴飛ばした。蟹たちは慌てふためいて、落ちるように川のほうへと逃げていった。

蹴飛ばされた髪の束は、湿った重い音を響かせて、川面に落ちた。そして、一本一本がバラバラになりながら、黄土色の川面の上をゆっくりと這うように流れ始めた。何百本もの髪の毛が、黒い水草のように広がりながら、流れていった。少しずつ、黄土色の川の底に沈みながら、やがて何も見えなくなった。

さっさと歩いていく彼の後姿に向かって、僕は何か言わなきゃいけないと思い、

「お祓いしたほうがよかぞ！」

と叫んでしまった。

彼は、振り向くと、恐ろしい目で睨み返しながら、こう叫んだ。

「同罪たい！」

僕は、急に足が震えだし、川上の自分の釣り場に走って戻った。すぐさま帰ろうと思って、釣り竿を上げようとすると、竿先が重い。全身が総毛だったが、力をこめて竿を立てると、糸の先には黒い大きなうなぎがくねくねと踊っていた。

僕は、恐怖と少しばかりの嬉しさで混乱しながら、

「ざまー見ろ！って。うなぎたい！　うなぎが釣れたったい！」

と勝ち誇ったように叫んでいた。

その晩、母が慣れぬ手つきで作ってくれたうなぎの蒲焼は、脂がのっていて、とてもうまかった。

「屎尿処理場の栄養でこげん太ったとばいね」

押寄川の上流には、屎尿処理場の排出物が流れこんでいるのだ。

母の言葉に家族全員が笑ったが、僕は一人だけ黙ったままうなぎを口に運んでいた。不気味な事件のことは家族には誰にも言わなかった。

糸の先でくねくねとダンゴ状態になりながらのた打ち回るうなぎの姿が思い出された。柔らかい肉からにじみ出る脂は、甘いタレと一緒に口の中に広がり、それは確かにうまかった。

あの時、なぜ、うなぎを捨てもせずにそのまま持ち帰ったのかは、今となってはよく分からない。

今、目の前を流れていく押寄川は、あの時と同じだ。川底は一切見えない。黄土色の川面が、上流に向かって激しく流れている。橋の欄干付近では小さな渦ができている。下流への流れを塞き止めていた石の間につっかえていた太い木の幹も解き放たれたように、海とは逆の方向に向かって動き始めた。東京などではなかなか見られないこの奇妙な流れにじっと見入りながら、僕は、しばらく川辺りに立っていた。

病院に着いたのは、夏の強い日差しに、赤い色が少しばかり混じり始めたころだった。その日のうちに東京に帰るには、もうあまりゆっくりしている時間はない。急き立てられるような気持ちを抑えつけながら、僕は、父のベッドの横に座って、言葉をポツリポツリと見つけていた。

「今度の正月は、少し、長くおれるようにするけんね」

「千恵子君はお腹のぱんぱんに大きか頃じゃなかか？　あんまり無理せんでよかぞ」

「そうやねえ」

僕は、絶対に来るとは言えずに、言葉を濁した。

「そしたら、そろそろ行くばい」

もっと、他にも言葉はあったろうに、事務的な言葉しか頭に浮かばなかった。

「おう、気をつけて帰らんば。明日は仕事か？」

「そう、あしたからまた仕事。父ちゃんも早う退院して、閉めてた店ば開かんば」

立ちあがってドアのところまで進み、僕がもう一度振り向くと、父は奇妙な笑顔を作った。ひょっとこみたいな顔をするのは、照れたときによくする昔からの癖だった。八十になっても変わっていない。

僕は、歪んだ笑顔を作って軽く手を挙げた。廊下に出て歩き始めても、父のひょうきんな顔が頭から離れない。正月まであとどのくらいあるのか、歩きながら指を折ってみた。四本の折れた指を見つめながら、僕は、それがとても遠い未来であるような気がしてきた。

廊下の窓からは、ますます赤みを増した夏の夕暮れの日差しが差し込んでいた。


その日は、妻と一緒に産婦人科に出かける約束だった。エコーを使って、お腹の中で動いている胎児を見せてくれるという。妊娠・出産に対する父親の理解を得るために、父親同伴を病院も奨励しているとのことだった。

僕は、期待半分、照れ半分で、いそいそと妻の後ろについていき、産婦人科のドアをくぐった。

当然のことではあったが、そこにはまさに女ばかりがズラリと並んでいた。ドアから入ってきた、男という異質な動物に向かって注がれる視線が耐えがたく、僕は敢えて堂々と背筋を伸ばすつもりで、真っ直ぐにソファに向かって歩いてみせた。腰を下ろすと、海に浮かんだ小島に到着したような気持ちで、少し安堵した。

そこは不思議な空間だった。お腹が大きい生命体があっちにもこっちにも座っていた。ふつう病院というのは生気のない者ばかりが集まってくるものだとばかり思っていたが、生々しい生のエネルギーを放出している生物が何人もいた。子供を産むという人生最大の仕事に着手することができた誇りと期待を、不安を抱えながらも、確かに持っていた。

反面、通常の病院と同様に、不具合を生じた体を懸命に立て直そうとする人間も間違いなく座っていた。そして、それは、単に肉体的な問題だけではなく、男と女の問題を同時に背負っていることも大いにありうるわけで、まったく不思議な空間だった。

喜びと悲哀が、背中合わせのところでうごめいていた。

そこでは、男はとても卑小で間抜けな存在だった。僕の他にもう二人、同じように女に付き添ってきた男がいたけれども、僕を含めてどいつもこいつも情けない顔だった。軽くて希薄でこっけいな顔だった。

「ろくでもねえ顔ばかりだ」

僕は心の中でそう呟いて、テーブルの上の雑誌をとってページをめくったが、女性雑誌はとてもじゃないけど読めたものじゃない。すぐさま、テーブルの上に戻してしまった。

「藤沢さん、藤沢千恵子さん！」

妻の名前が呼ばれた。

後をついていくと、医者が慣れた笑顔で挨拶してきた。おじいちゃんという呼び方がふさわしい、柔和でやさしそうな医者だった。

「今日はご主人も一緒ですね。エコーで赤ちゃんの様子を映しますので見てください」

ようやく緊張感が解けた僕は
「よろしくお願いします」

と、ていねいに頭を下げた。

妻が診察ベッドに横になり、お腹を出した。パンパンに張ったお腹に薄茶色の液体が塗られ、コードのついた小さな吸盤が数本つけられた。そばに備え付けられたモニターはまるで魚群探知機のようだった。何だか不明瞭で目の粗い画像が動いていた。

「これが頭で、これが手と足です。とても元気ですよ」

おじいさん先生は、ペンを持ってモニターの画面の上を指差していたが、何だかよく分からない。実感もさっぱりわかない。妻は、仰向けに横たわったまま、首を横にひねって画像に見入っている。それは明らかに、僕よりも実感を伴った目線だった。自分の体の中のものが映像化されているわけだから、当然か。

「男の子ですか、女の子ですか？」

妻が聞いた。

「まだはっきりとは分かりませんが、ついていないようなので、女の子の可能性が高いですね」

妻は満足そうに、じっと画像に見入っていた。

僕らはひとつのセレモニーを無事に終え、幸せそうな顔で診察室を出ると、再び待合室のソファに腰掛けた。女の子ではないかという医者の予測について、あれこれと二人で話していると、妻が精算窓口に呼ばれて行った。

そのとき、別の診察室の奥から、母親らしき初老の女性に付き添われた、二十代前半と思われる女性が歩いて出てきた。真っ青な顔で、外界のすべてをシャットアウトするような硬い表情で、下を向いたまま歩いてきた。水色のワンピースの裾がひらひらと頼りなく揺れていた。

そのままソファに座りこむと、床の一点を凝視しながら、体をこわばらせてうつむいていた。母親は娘にぴたりと体を寄せてはいたが、一言も言葉を発しない。発する言葉がことごとく無意味にはね返されることが分かっていたから、言葉が出ないのだ。

やがて、女の肩が小さく震え始めた。古びたフローリングの床の上にひとつ、ふたつと涙が落ちた。母親はどうすることもできなくて、肩に手を回してあげるだけだった。すると、女は、驚くような大きな声で嗚咽を始めた。辺り憚ることなく、思いきり、腹の底から絶望と悲しみを声にして搾り出し始めたようだった。汲めども尽きない悲しみと絶望は、大きなうねりのように激しく水かさを増していった。

待合室に溢れる、喜びに満ちた女性たちは、バリアを張ってそのうねりから身を守ろうと硬くなっていたが、そんなささやかな幸せは一瞬にして飲みこんでしまうほど、その女の嗚咽は激しく重く部屋中に響き渡っていた。

僕と妻は逃げるようにドアを開けて外に出た。いつもと何も変わらない人のざわめきと街の香りを胸いっぱいに吸い込むと、僕らは一瞬で僕らの日常へと帰っていった。先ほどの女のことには、お互い一言も触れなかった

モツ鍋の向こうには、やり手のフリーライターの山本久美子が、鍋の中の臓物の煮え具合を箸でつつきながら確認していた。僕は小さな出版社の社員だが、彼女はこれから取りかかる単行本の執筆をしてくれるライターであった。

年はおそらく三十代後半、まだ独身だ。かなり稼ぎはいいらしく、青山の2LDKのマンションで、ひとり暮らしを堪能しているらしい。社交的で誰とでもすぐに打ち解けるのだが、仕事でのやり取りは厳しい。少しでも手を抜いたり、納得のいかない仕事の進め方をしていると、夜中の十二時であっても携帯電話に苦情の電話をかけてくる。激しい言葉を投げつけて、こちら側の不誠実や間違いを鋭く指摘する。

僕が「相手の言うことを素直に聞き入れたほうが安全だ」と思って即座に謝ると、さらに彼女は激昂する。

「藤沢さん、本当にそう思っているの？　そんないい加減な姿勢でやってもらったらこっちが困るわ」

それでは今度は徹底的にこちら側の考えを主張しようとすると、これまた彼女は激昂する。言葉尻を捕まえて徹底的に攻めてくる。

そんなことを何度か繰り返しているうちに、やりあう部分と引き下がる部分をうまく調整すると、静かに引き下がってくれることが僕にも分かってきた。そんな時、いつも最後に彼女はこう言う。

「うるさくてごめんね。いい仕事がしたいだけなのよ」

僕はそこで初めてホッとする。

「藤沢くんちは、出産予定日はいつだったっけ？」

鍋の向こう側からタバコを吐き出しながら彼女が訊いてきた。

「来年の三月上旬頃ですね」

「三月か。どう、実感は湧いてきた？　父親になるっていう？」

「この間、お腹の中の様子をエコーで見てきたんですよ。何だかよく分からなかったんですけどね、一生懸命に動いていましたよ」

山本は、なかなか噛み砕けないモツをガムでも噛むようにしつこく噛みながら、僕の目をじっと覗き込んでいた。

「私ももうじき、子供を産もうと思っているんだ」

浅黒い肌の中で、大きな目を輝かせながら、彼女はそう言った。

「おっと、結婚するんですか」

「いいや、結婚はしない」

僕は、何と言ってよいのか分からずに、ビールのジョッキを傾けた。

「シングルマザーになるわけよ。結婚しないで、独身のままで、子供を産むの」

「ああ、そうなんですか」

僕は事情がよく分からなかったけれども、そういうことなのか、と漠然と理解したつもりでいた。

「そういうことって、どういうことか分かっているの？」

「いや、だから誰かの子供をひとりで産むんでしょ」

僕は、山本のいつもの突っ込みが始まる前に切り返そうと思って、ややむきになって答えた。

「誰かの子どもって誰だと思うのよ？」

「そんなの知りませんよ」

「私も知らない人なのよ」

僕は、もう一度、ビールを咽に流しこみ、こう言った。

「もう酔っ払っちゃったんですか。からかわないでくださいよ」

山本は、濃密で大きい瞳を冷たく光らせながら、口元に笑みを浮かべて言った。

「精子バンクと契約したのよ」

僕は、箸の動きを止めて、その真意を探るように、山本の顔に見入った。

「都内に精子バンクがあるんだけど、そこと契約して、そこの精子をもう三回ほど注入しているのよねえ」

「精子バンクって、そんな簡単にできるんですか。まだ試験段階のものじゃなかったんですか」

「藤沢くん、何か公的機関が管理しているとでも思っていたんでしょ。編集者として失格よ。もう完全に生殖産業になっているんだから。そこの精子の提供者リストは約三〇〇あって、契約金百五十万を支払って登録すれば、好きな精子を買えるのよ」

山本は、アルコールも手伝ってか、頬を赤く染めている。そして、己の恥部を喜んでさらけ出すときの高揚感をその目の光に宿しながらまくし立てるのだった。

「結婚したいなんて、今はまったく思わないんだけど、ひとりで一生過ごすのも寂しいからね。そこで女の武器よ。子供を産むの。子どもと一緒に暮らすのよ」

山本は、仕事の上ではやり手だが、その分、家庭の主婦として収まろうという気はさらさらない。そのことは僕も以前からよく知っている。仕事もイーブン、その分、お金の管理も家事もまったく夫とイーブンでやっていく、というのが彼女の主義だから、なかなかすんなりと結婚に結びつかないようだった。

僕は先日、産婦人科で、母親に付き添われながら激しく嗚咽していた女のことを思い出していた。どのような出来事があったのか、僕にはまったく分からぬことではあったが、あのときの女性は、今、ここにいる山本のような生き方はできないだろうし、望みもしまい。どちらが幸せなのかはまったく分からなかったが、少なくともあのときの女のほうが僕にはすんなり理解できそうだった。

僕は、しばらく黙って、モツを食い、ビールを流しこんでいたが、一言、こう訊いた。

「精子は選べるんですか？」

山本は、びっくりするような大きな声で一瞬笑った後、こう言った。

「選べるに決まっているじゃない。くじ引いて当たったものを体内に入れるとでも思ってるの？　それじゃあ、大金払う意味がないじゃない。誰の精子でもいいというわけじゃないのよ。こんなこと言ちゃ、あれだけど、やっぱり頭も体も優れた男のものがいいじゃない。いい遺伝子がほしいに決まっているわ」

「だって、いい遺伝子ってそんなのわかるんですか？」

「遺伝子そのものは調べられないけど、精子提供者のことは分かるわけ。精子とセットでデータがちゃんと用意されているんだから。写真もあるのよ」

「じゃあ、どうやって選ぶんですか?」

「顔と学歴」

「顔と学歴ですか、やっぱり」

「藤沢くん、ひょっとして馬鹿にしてるんじゃない。とんでもない女だって」

僕は慌てて否定しながら、

「いやいや、こんなの初めて聞いたから、何が何だか分からないだけですよ」

「女にも提供者を選ぶ権利があるのよ。お見合いで、相手の顔や学歴を選択要素にするのとまったく同じ」

「提供者と会うことはできるんですか?」

「双方が希望すれば会えるらしいけど、私は会わない。相手にもこちらにもおかしな情が生まれてきたら嫌だから」

「まるで両性具有ですね。自分ひとりで生殖をやれる」

「そうね。人間はそうやって進化するんじゃない?」

僕は何かもっとたくさん訊きたいような気もしたが、何だかひどく疲れてきて、この話題はもういいやと思えてきた。

鍋の中では、黄土色の汁の中で、野菜とモツが一緒になって踊っていた。加熱された鍋の底から茶色の汁が上へ上へと立ち上ってきて、腸や子袋を包みながら鍋全体をゆっくりと循環している。その循環を見つめながら、僕はもうひとつだけ訊いておこうと思った。

「山本さんは、縁とか運命とか、そういうのはあると思いますか?」

山本は、にやりと笑ってこう言った。

「運命も縁も全部自分の手のひらにあるだけよ」

子袋を箸で一掴みすると、彼女はそれをこれ見よがしに口の中に放りこんで、僕に向かって笑ったままVサインを突き出した。


実家のそばに住んでいる姉から電話がかかってきた。父の検査の結果が判明したという。やはり当初の予測どうり、がんであるとのこと。悪性心膜中皮腫、心臓を包みこんでいる膜の下に腫瘍ができているというのだ。いわば、がんの塊が心臓を包んでいる格好らしい。何とも不気味だ。ただし、転移は他には見つかっていないので、命の限りが一ヶ月や二ヶ月先に迫っている状態ではないという。父にはそのことはまだ知らせていない。

僕は、父がこのまま亡くなってしまうわけがないという、根拠のない希望を心のどこかに安穏として持っていた。打つべき手が具体的に何かあるわけではなかったが、何だってやってやる、という負けん気のようなものがそう思わせていたのかもしれない。

その後、地元にいる姉と、関西で暮らしている兄と何度も電話で連絡を取り合った。介護のこと、病院のこと、今後のこと、様々な問題が浮上してきて、電話が来るたびに重い気持ちになってしまった。

日々の仕事に追いまわされながらも、心の片隅ではいつも父のことが離れなかった。仕事の付き合いで酒を飲んでいても、お笑い番組で大笑いしていても、晴れ渡った青空が気持ちがよいときでも、黄昏が目前に迫っているような焦りと不安感があった。

その年は結局、正月を含めて三度実家に帰った。仕事の合間をぬっての帰省だった。父はそれほど病状が進んだ様子はなく、正月は一時帰宅してみんなで正月を祝った。妻にとって長距離移動はそろそろ限界がきていたが、今後のことを考えると、若干の無理をしてでも父に会っておきたいということで、一緒に帰ってくれた。姉の家族、兄の家族、そして僕らと、久しぶりに大勢の家族が集まった。

僕はしきりに写真を撮っていた。もちろん、これが家族全員が集まる最後の機会だなんて思って撮っていたわけではないが、父をフレームの中に収める瞬間は、そうした思いがどうしようもなく脳裏をよぎった。

妻のお腹はどんどん大きくなっていった。お腹に手を当てると、洋服の上からでも胎児の動きがはっきりと感じられるようになった。ソファに腰を下ろしている妻の輪郭はまん丸で、短く切った髪とあいまって、幼い顔がますます幼く見えた。妻自身も子供のようだった。

二

翌年、二月に入ったばかりの土曜日の昼前、姉から電話がかかってきた。

「すぐ帰ってきてくれんね。お父さんの状態が悪うなったとよ」

強い声に緊張感が伴った声だった。

僕は、電話をもらった一時間後には家を後にし、その日の夕方には田舎の駅のホームに降り立っていた。

病院に到着するとすぐに病室へと足を踏み入れた。僕は父と目が会ったらすぐに激励の言葉をかけようと思っていたが、父の目を見た瞬間、そんな生易しい思いは瞬時にして吹っ飛んでしまった。

父の目は、うつろだったが、大きく見開かれ、異様に輝いていた。

それは、僕らが喜んだり悲しんだり笑ったりする普通の世界に住んでいる人の目ではなかった。暗黒の世界から逃れようとしてもがきながら、懸命に生の世界を見つめようとしている者の形相であった。

死は目前にあることは明白であった。

「どうして、急激にここまで悪くなってしまったのか」

僕は、僕の中に生じた絶望と恐怖を微塵も悟られないように、父に近づき、声をかけた。

「今、帰ってきたよ」

それ以上、適当な言葉が見当たらなかった。

父は、大きく見開かれたその目で僕の顔をじっと見ると、聞き取りにくい言葉を口の中で繰り返しているようであった。

「何？　どがんした？」

父は、枯れ枝のような両手を布団から出すと、己のほうに手をあおぐような仕草をして見せた。それは、僕に対する「自分のほうに来い」という仕草なのか、「何か自分に食わせろ」というような仕草であった。

「何？　どがんしたと？」

僕は再度聞きながら、父に顔を近づけると、父はまた口を懸命に動かしている。数回繰り返した後、ようやくはっきりとした言葉が聞き取れた。

「めしめし」

僕は、何のことを言っているのか分からなかった。

「めしめしって何ね？」

「めしば……。めしば食わんば……。元気になるばい……。めし、めし……」

ご飯を食べるというのである。もちろん食欲などあるはずもなく、父は、ただひたすら、元気になるために食べようと戦っていたのだ。僕は、父の生きることへの凄まじい気力に圧倒され、恐れおののいた。

「おお、そうね、めしば食わんばね。めしば食うて元気にならんば」

僕は、そう言いながら、父の手を取ると、父は言いたいことが伝わった安堵感からか、そのまま目をつぶった。わずかではあったが、以前の父の穏やかな面影があった。


会社には、電話で有給休暇を十日ほどもらいたい旨を伝えて、了解してもらった。

それからというものは、兄と姉と三人による付きっきりの看病が続いた。夜は、兄と僕の二人が家と病院を往復しながらの看病を続けた。

ある日、僕は、早朝からの看病で疲れきった神経と体を引きずるようにして、夕日がさしこむ病院の入り口から外に出た。毎日、ただひたすら病院と実家の往復で疲弊しきった心を休めようと思い、僕は少し遠回りをして、押寄川まで足を伸ばすことにした。

稲を刈り取ったあとの何もない丸坊主の田んぼの上を、二月の冷たく乾いた風が、悠々と駆け抜けていた。それは、押寄川の土手の上に駆けあがり、かろうじて立ちすくんでいる背の高い草たちを一斉になびかせていた。

僕は、だった広い田んぼが背後に広がる土手の上に立ち、川の向こう側に広がる、時代に取り残されたような町の一角を見つめていた。二十年前と少しも変わらない町並みの中に、見覚えのある病院の建物が見えた。コンクリートのひび割れが、白い壁のなかを何本も走っており、とてもみすぼらしかった。僕が生まれた病院だった。

この町にいるときは一度だって特別の感慨をもって眺めることなどなかった病院。むしろ、それがどこにあるのかさえもあやふやだった存在。そんな建物がそのときの僕の中では、たまらなく懐かしく思えてきた。

母がここで僕を産み落とし、若かった父が喜び勇んで僕を抱きかかえたであろう病院。新しい生命と共に、開けゆく未来を展望したであろう父と母。だがしかし、母はすでにここにはおらず、父ももうじき遠くへ去っていこうとしている。その間の年月は、病院の外壁を走る無数のひび割れのように、修復しがたく取り戻せないものに思えてきた。

僕は、その病院を眺めながら、自分が五歳の頃に患った大病のことを思い出していた。

夜中に激しい頭痛と嘔吐と高熱に襲われた五歳だった僕は、小さな体をぐったりと横たえて、救急車のベッドに横たわっていた。夜中に泣き出した尋常ならぬ我が子の異変に不吉なものを感じたのだろう、両親は、深夜にもかかわらず慌てて救急車を呼び出した。しかし、救急医療の体制が整っていない時代のこと、対応してくれる病院がなかなか見つからなかった。四、五十分も走った挙句に、県庁所在地にある大きな病院でようやく診察してもらえたそうだ。

そのときに医者はこう言ったらしい。

「あと一時間遅れたら危なかったですね」

五歳の僕は、髄膜炎にかかっており、急きょ抗生物質による治療を行って一命を取りとめた。医者が言ったという「あと一時間遅れたら危なかったですね」という言葉を思い出すたびに、物悲しい気持ちと同時に、なぜだか少しばかり誇らしい気持ちになったものだ。

わずか一時間という時間のずれ次第では、僕の命はあの時、闇に消えていたかも知れず、あるいは、その後に重篤な後遺症を残した可能性もあったのだ。そのことを思うと何ともはかない命の縁を歩んだ自分の命の危うさを哀れみたくなる一方で、一時間という時間の遅れをギリギリの線で乗り越えて生き延びた自分の命が持つ運の強さを誇りに思ったりもするのである。

そのときの記憶は、曖昧で断片的なものしか残っていないが、ふたつだけ、色あせずにはっきりと残っている光景がある。

ひとつは、のたうち回る僕が家から担ぎ出されて、待っていた救急車に乗り込むときの記憶である。深夜人気のない闇の中に、大げさに回転する救急車の赤色灯が放つ朱い光だけが、やたらと明るくけばけばしくそこらを照らしていたのだ。僕の家の周辺だけが、辺りを包む闇から浮かび上がるように、朱く燃えていた。あの時の朱い光は、その部分だけがデフォルメされたように、大人になった今でも明瞭な記憶として残っている。

そして、もうひとつの記憶は、寝かされた救急車の窓から見えた、窓の外に広がる果てしない闇である。

繰返し襲ってくる激しい嘔吐と頭痛に僕はいたぶられ続けていたが、それが嘘のように消えてしまう時間帯がふいに訪れた。そのとき僕は恐る恐る泣きはらした目をうっすらと開くのだが、そこには僕を覗き込む母親のふたつの目と、その母の背後に広がる夜の闇があったのだ。窓ガラスの向こうに広がる全てを包み込むかのような巨大な闇は、圧倒的な力をもって僕を見下ろしていた。蛇に睨まれた小動物のように、僕は目を大きく見開いてその巨大な闇をじっと見つめ返していた。

「母ちゃん、怖かよ」

僕が泣き出すと、母は僕を撫でながら言った。

「大丈夫、大丈夫」

救急車が狭い道を進んでいく時、赤色灯の朱い光が建物の壁に反射され、母の顔も朱く照らされていた。その朱色と夜空の闇は、どれだけ救急車が先を急いでも、身に影が従うように、決して後へ飛ばされることはなかった。

母の背後に広がる闇は、決して母に悟られぬように息を殺したまま、じっとこちらを見つめていた。

「あそこにお化けがおるとよ」

「誰もおらんよ。母ちゃんがおるから大丈夫」

僕が闇を睨みながら必死に訴えても、母は分からない。

「お化けがおるとよ。僕ば見よるとよ」

闇のお化けは、母の背後から、息を殺したまま、いつまでも僕をじっと見つめていた。

僕は、そんなことを思い出しながら、押寄川の川面を見つめていた。

医者が言った「あと一時間遅れたら危なかったですね」という言葉を思い出しながら、あの時、僕が救急車の窓の外に見ていたものは、僕自身の命の縁であったような気がした。走れども走れどもついてくる闇の奥にいる存在に、僕は気づき、そして恐れおののいたのだ。

僕は、押寄川の土手を下りて行くと、わずかばかり広がるコンクリートの足場に降り立った。ちょうど引き潮らしく、押寄川は通常の川と同様に海に向かって流れていた。

僕が飽きもせず腰を下ろして川の流れに見入っていると、背後に人が近づく気配がした。

「兄ちゃん、何か、釣れたかね?」

振り向くと、歯並びの悪い貧相な顔の老人が顔を真っ赤にして近づいてきた。アルコールの臭いと、何日も風呂に入っていないことがうかがえる酸っぱい臭いが、風に乗って僕の鼻を刺激した。

関わりをもつのが嫌で、僕は立ちあがると返事もせずに、そのまま土手の階段を上っていった。その老人は、つれない僕の態度に別段怒るわけでもなく、

「引き潮やったら、今日は何も釣れんばい」

と言いながら川面を見つめていた。

そして、突然、聴いたことのない唄を、こぶしをきかせて驚くほど大きな声で唄い始めた。それは、伝承的な唄なのだろうか、現在ではあまり使われないような、きつい方言が散りばめられた唄だった。

♪空のあっかぎ　恐ろしか（空が朱いと　恐ろしい）
精霊舟の船頭の（精霊船の船頭が）
行くとこのーして（行くところを失くして）
消えさいた（消え去ってしまった）

夢のあっかぎ　恐ろしか（夢が朱いと　恐ろしい）
どんばら　ぜんもん　とんこづく（妊婦や乞食がはしゃいでる）
行くとこのーして（行くところを失くして）
消えさいた（消え去ってしまった）♪

その声は、あたり一面に響き渡った。人間業とは思えないようなものすごい大きな声が、夕餉の準備に忙しいであろう家々の中にまで響いていった。夕日が山際に隠れ始め、辺りは刻一刻と朱い色を落としていき、代わって墨のような黒い闇に包まれ始めたが、老人の大きな歌声は、いまだに近づく闇を震わすように響いていた。

それを無視するかのように僕は土手の上をそそくさと歩いていくと、背後で激しい水音がした。同時に、それまで叫ぶように歌っていた老人の歌声がぷっつりと途絶えてしまった。

振り向うと、老人は川の中に落ちていて、目を白黒させながら下流に向かって流されていたのだ。

川底は浅いはずだが、潮の引きがいちばん激しい時間帯らしく、流れはかなり速かった。足を踏ん張れば、腰のあたりで川の流れを受けとめながら立ち上がることができそうなのだが、川底の土は粘土質で踏ん張りにくい上に、高齢に加えて酔いが力を奪っているのか、立ちあがろうとするたびにすぐにまた川面に倒れこんでいた。言葉も出せずに、ただ目を白黒させながら老人は下流へ流れていった。

僕は最初、どうしてよいのか分からずに、土手を登ったり下りたりしていたが、どんどん下流に流されていくので、老人を視野に入れたまま、先回りして下流にあるコンクリートの足場に向かって走った。

「こっち、こっち！」

近づいて来る老人に向かって大声で声をかけてはいたが、聞こえているかどうかは分からない。

「こっち、これをつかんで！」

僕は上着を脱ぐと、片方の袖の端をつかんだまま、もう片方を老人に向かって投げた。思うように遠くまで届かない。老人の手は空を切った。目を白黒させながらパクパク動いている老人の口は、まるで鯉が餌をついばんでいるようだった。僕は、そのまま数秒間、何もすることができずに、押し流されていく老人の背中を見つめていた。

立ちあがろうとするたびに上半身が大きく水面の上に飛び出るのだが、川の流れを受けると、耐え切れずにすぐにまた水の中に消えていく。黄土色の川は、あたり一面を覆い始めた闇の中で、すでに黒々とした流れに姿を変えており、一瞬の猶予も許さぬような淡々とした流れで、老人を海へと海へと連れ去っていこうとしている。

その時だった。パニック状態の僕の頭の中に、釣りをしていた小学校のときのあの事件の情景が、一瞬だけタイムスリップしたように広がったのだ。今と変わらぬこの押寄川の中から、ふやけた毛根を持つ黒々とした長い髪の束が釣り上げられたあの時の情景だった。乾いたコンクリートの上にベッタリと重く横たわり、ダラダラと水を流していた黒髪の束。遠く小さくなっていく老人の背中に、その情景が重なったその瞬間、僕は全身に鳥肌が立ち、足がおかしなほどガタガタ震えた。

「船につかまって！」

下流に伝馬船が浮かんでいるのを見つけた僕は、老人の背中に向かって声を限りに叫んだ。そして、再び土手の上に駆け上り先を急いだ。

「船につかまって！」

何度も叫びながら、全速力で伝馬船の横までかけつけて、荒い息遣いで上流を見ると、老人は自力で立ちあがり、岸に向かって歩いているのが見えた。ふらふらとした足取りで土手のかけ上がりまで辿りつくと、大きく胸を波立たせながら、しばらく呆然とその場に立ちすくんでいた。蟹たちが四方八方に散るように逃げていた。老人は気を取り直したかのように、四つん這いになって土手を登り始めた。禿頭にはわずかの髪の毛が水草のようにへばりつき、全身から水が滴り落ち、体中に枯草がついていた。

「大丈夫ですか」

僕は、老人に近づき恐る恐る声をかけると、老人は僕の顔を見て、「あんたは一体誰だ？」というような表情で、きょとんとしたまま何も言わなかった。その顔は、先ほどまでの大激闘をすっかり忘れてしまったような無表情な顔だった。

「あいーた、死に損ねたぞ。早う帰らんば（早く帰らなきゃ）」

老人はたったそれだけを言い残すと、土手の道をまたふらふらと歩き始めた。

あたりはすっかり闇が覆っていた。外の騒ぎを聞きつけて家から飛び出してきた数人のおばさんたちが集まって、何やらひそひそ話をしながら老人のうしろ姿をじっと見つめていた。そんな輩のことなど何一つ気にするふうでもなく、老人はふらつく足取りでひょうひょうと先を歩いていた。山際にかすかに残っている赤黒い空をバックに、その姿は次第に闇の中へと溶けていった。

僕は、極度の緊張と興奮が次第に収束するのを感じながら、その後姿をあっけにとられて見つめていた。

老人は、数分前の自分が、危うい命の境目に立たされていたことをおそらく自覚していないのであろう。それが泥酔のためなのか、ボケのためなのかは分からなかったが、自分の危機を自覚もしないで呑気に歩いているそのおめでたい後ろ姿を見ていると、僕は腹の中からわけのわからぬ怒りが込み上げてきた。なぜなら、僕の脳裏には、今も懸命に生きようとしている父の言葉が思い出されたからだ。「めしめし、めしば食わんば」。確実に死に向かって歩きながらも、懸命に生きようとしている父の姿が思い出されてしまったのだ。

「ふざけんな！　くそじじい！」

僕は、びっしょり濡れた上着を砂利道の上に叩きつけた。

「死んじまえ！　命がもったいねえよ！　お前には命なんかもったいねえんだよ！」

そう呟くと、目頭が潤んで古びた街灯の灯りがにじんで見えた。

遠くの闇の中から、老人の歌声が再び流れてきた。

♪空のあっかぎ　恐ろしか
精霊舟の船頭の
行くとこのーして
消えさいた

夢のあっかぎ　恐ろしか
どんばら　ぜんもん　とんこづく
行くとこのーして
消えさいた♪

次の日の夜、すでに北陸の実家に帰っていた妻から電話がかかってきた。

「お父さんの具合、どう？」

僕は、もはや時間の問題であることを伝えたかったが、出産を目前に控えている妻に露骨な言い方をするのは避けたくて、

「ちょっと難しい状況になってきたな」

とだけ言った。話題を変えようと思って、

「どうだ、そっちは？　具合はいいか？」

と訊いてみた。

「何から何まで母さんがやってくれるから、何にもすることがないの。まったく暇」

「子供の具合はどうだ？　ちゃんと動いているか？」

「動いているわよ。ますます元気よ。早く出たがっているわ」

「そりゃあ、そうだよな」

「こっちのほうは気にしなくていいから。変化があったら連絡するから。そっちも何か変

化があったらすぐに電話して」

「ごめんね。何にもできなくて。お父さんによろしく言っててね。子供、楽しみにしていてくださいって言っててよ」

もはやそんな段階ではないことは分かっていたが、僕はそれを約束して電話を切った。人気のない家の中で、近くのコンビニで買ってきた弁当を食べ、薄暗い照明の風呂に入った後、僕は、また病院へと出かけていった。時間は、すでに夜中の十二時を回っている。病院の裏口から入って、足音を消すようにして階段を上り病室へと辿りつくと、静かにドアを開けた。部屋では、兄が父を看ていた。椅子に腰を下ろしたまま、関西弁の小さな声で、

「おう、来たんか」

と言った。

「どう?」

「どうも呼吸が乱れるんや。息を吐いた後、次に吸いこむまでの時間がものすごう長いんや。呼吸が止まってしまったんかと怖あなるけど、また思い出したように吸いこんどる」

確かに、父の呼吸のリズムはおかしかった。息を吐き出したあと、いったん呼吸が止まるのだ。ヒヤリとするがしばらくすると再び大きな音で息を吸い始める。

兄が帰った後、僕は、常夜灯だけが光る薄暗い部屋の中で、父のその姿をじっと見つめていた。痛みや苦しさが少しでも軽くなるように、がりがりに痩せてしまった大きな骨格の手を静かに握ってなでていた。

しばらくすると、父は、突然目を覚ました。落ちくぼんだ目を見開いて、自分の目の前にある僕の顔を発見すると、それが僕であることが分からなかったのか、恐怖に包まれたようにさらに目をカッと見開いて、こちらを凝視した。

「僕たいね。浩一たいね」

父は、僕の声で目の前の顔が息子の顔であることを認識したのだろう、安心したように瞳を閉じたが、すぐさま再び目を開けた。

「浩一」

その声に、僕はたいそう驚いた。正気に戻ったようないつも父の声だったのだ。ここ数日一度も聞いたことがないような懐かしい声だった。

「何ね？　どがんした？」

「浩一。言うとくばい」

その目は確かに僕を見つめていた。しかも、きわめて鮮明な視線がそこにはあったのだ。

「父に正気が戻った」。僕は、そう思って、父の手を強く握った。運命の流れが奇跡的に流れを変えようとしているのかもしれない。闇の向こうにかすかな光がのぞいたような気がして、僕は目を見開いて父の目を覗き込んだ。

「どうしたと？」

「浩一は、五歳の時の大病ば覚えとるか？」

突然何を言い出すのかと思ったが、僕は明るく優しい声で答えた。

「ああ、覚えとるよ」

「あの時な、父ちゃんな、医者からこの子は脳に障害が残るかもしれんて言われたと」

僕が五歳のときに患った髄膜炎の話をしているようだ。

「ああ、知っとるよ。あと一時間遅かったら危なかったって言われたとやろう？」

父はそのことには答えず、突然、呻くようにこう言ったのだ。

「浩一。すまん。父ちゃんは悪かった」

僕は何のことやら分からず、父の手をさすりながら答えた。

「何ば言いよると。なーんも悪うなかたいね」

「いいや。父ちゃんは、悪かった」

「何が？」

「あん時、父ちゃんは、浩一はこのまま死んだほうがよかかもしれんって思うてしもうたと……」

父の目にはうっすらと涙が浮かんでいた。

「脳に障害が残るかもしれんて医者から言われたとき、恐ろしゅうて恐ろしゅうて……」

初めて聞いた話であった。

「そがん昔の話ば、今頃せんでもよかろうもん」

僕は笑いながら、父の手を握っていた。

「浩一。許してくるっか？」

父は、僕の目をじっと見つめて哀願するように、そう言った。

「なんば言いよると。父ちゃん、今日はおかしかばい。許すも何も、今まで一生懸命育ててくれたじゃなかね」

父は、その言葉を味わうように僕の目をじっと見つめていた。やがて安心したかのように、再び目を閉じた。過去の些細な出来事が大きな罪悪感として父の中に消えずにあったことを、僕は生まれて初めて知った。その出来事の詳細については、母もいない今となっては、分からない。「このまま死んだほうがいい」と思った父は、その後どうしたのだろうか？　母と相談したのだろうか？　それとも医者と何か重大なことを話したのだろうか？　いずれにしても、なぜ死を眼前にしたこの重大なときに、些細なことを思い出し、涙まで浮かべたのだろうか？　そのことが僕には実感として理解することができなかった。

僕は、驚きよりも、覚醒した父と話ができたこと自体が嬉しかった。しかし、父は、それまでのわずか数分の覚醒の時間が嘘だったかのように、また再び元のような奇妙な呼吸を繰り返していた。

僕は先ほどの父の眼と声を思い出しながら、薄暗い病室で父の姿をじっと眺めていた。心臓の力が落ちて血液の流れが滞っているのだろうか、両足の先端は激しくむくんでどす黒くなっている。触っても冷たく、まるで壊死しているようだった。僕は、その足を両手で包みながらマッサージを続けた。

院内は物音ひとつせず、闇の中でただひっそりと黙りこくっていた。生命の縁に佇んでいる多くの患者が、まだまだ続く夜の長い闇の中で、眠ったまま無意識のうちに朝が来るのを待っている。時々、廊下を歩く看護師の足音だけが、生命の存在を誇示するように冷たく響いていた。

僕は、黙々と父の体をなでていた。足から腰、背中から腕。すべての場所から瑞々しい躍動を発する筋肉は削ぎ落とされていて、肉体の柱である骨を頼りにしてかろうじて幾ばくかの肉がそれに寄り添っていた。

僕は、目をつぶりながら、むくんだ足先をなでていた。

——この足が、八十年にわたって父の肉体を支えてきたのだ。この足が若き頃の眩い日々を駆け抜けてきたのだ。この足が僕ら子どもを育てるために、懸命にふんばってきたのだ——。

肉は削ぎ落とされてはいたが、若き日の力強い肉体を記憶しているように骨は太く大きかった。

もうじき空が青くなり始める頃、僕は、病院の階段を上って屋上に出た。東の空を見てみたがまだまだ闇は深く、青さは生まれてこない。ポケットから煙草を出して火をつけた。胸いっぱいに煙を吸うと、満天の星が瞬く冬の夜空に向かって勢いよく煙を吐き出した。煙は一瞬にして風に吹き飛ばされて、大気の中に溶けていった。

昨日の押寄川での出来事が思い出された。酒に酔った老人が、黒い川面の上で踊る光景が闇の中に浮かんできた。

「あの爺さん、怖くなかったのかな」

浮き沈みを繰り返しながら海へ海へと流されてゆくその後姿は、沈みゆくわずかな西日に照らされてどんどん小さくなっていったのに、その事実さえ理解していないような姿が、僕は不思議でならなかったのだ。

僕は、父との別れが確実に近づいていることを知っていたにもかかわらず、時の流れの向かう先が突然変わることを期待していた。それは安易であったが、至極当然な希望的観測でもあった。しかし、川面に浮かび遠ざかる老人の後姿を思い出したその瞬間、突如として、もうじき父は去っていくという、揺るぎない圧倒的な事実が目の前に立ちはだかった。

時は流れるのだ。何があろうとも、誰が全身全霊で懇願しようとも、立ち止まることはない。それこそが偉大な優しさであるとでも言うように、ただひたすら流れていくのだ。それだけが確実なのだ。

満天の星たちの下で、僕は、だれ憚ることなく嗚咽した。

数日後、父は亡くなった。

亡くなる前日から呼吸がとても激しくなった。全身に残っているエネルギーをすべて燃焼し尽くすような深く激しい呼吸がずっと続いていた。僕は、医学的な事は何も分からなかったが、動物の直感として誰にも教わることなく、この激しい呼吸を越えたときに、父は亡くなるのだという事がわかっていた。その予測通り、激しい呼吸が終わると、呼吸は次第にゆっくりとなり、無呼吸状態の時間帯が長く延びていった。時々思い出すように、空気を吸った。

最後の一呼吸はとても静かだった。

きょうだいは誰も取り乱さなかった。僕は涙も流さなかった。静かで穏やかな父の顔を見つめていた。人生の最期に身をもって、人生において最も重要な死という出来事を厳然と見せてくれた父は、生涯のなすべき仕事をこれですべて完了した。

三

妻から、電話があったのは、父の葬儀を終えて東京の自宅に戻った日の一週間後だった。その日はちょうど日曜日で、疲れた体を布団の中に横たえて一日中このまま過ごそうと思っていた矢先のことだった。

「浩一？　あのね、今ね、破水したから、これから病院行くから、すぐにこっちに来て」

妻は、緊迫した、けれども、どこか、にこやかな口調でそう言った。

「破水したって、お前、どこで破水したんだ？」

僕のほうが焦っている。

「実家よ。実家の廊下歩いていたら破水したの。いい？　もう病院行くからね」

ゆっくり話しているときではない。

「分かった。すぐ行くから」

破水したまま電話をかけてくる妻の度胸に僕は驚いた。

僕は、すぐさま妻の実家に行くことには迷いはなかったが、予定日はまだ三週間ほど先だったので、何の準備もしておらず、何をどうすればいいのか一瞬混乱した。

「下着は何日分持って帰ればいいんだろう。出産道具って何だっけ。仕事はどうしよう。今日は休みだし明日連絡するしかないか。新聞止めてもらったほうがいいのかな」

混乱している頭を整理しながら、旅行バッグを取り出して、とりあえず三日分ほどの下着と仕事用のノートパソコンを詰め込んだ。

「一難去って、また一難か」

僕は、気持ちを落ち着けるために、笑えない冗談をひとり言いながら、出発の準備をした。

三月といっても、北陸の山間の町はまだまだ真冬と同じだ。タクシーの運転手に病院の名前を告げると、人通りの少ない道を走りぬけた。道の両側にはうず高く積まれた雪の山があちこちに残っていた。

病院に到着し、ドアをノックして病室に入ると、妻は化粧気のない顔で、

「早かったねえ」

と言って微笑んだ。

「大丈夫か？　まだ先か？」

「そうなのよ。破水したから慌てて駆けこんだんだけど、今日明日中にっていうわけじゃないらしいのよ。まだまだ陣痛も始まらないし」

破水したのに出産に至らないということは、どういうことか分からずにいた僕は、

「破水して水が出て、お腹の中は大丈夫なのか？」

と訊いてみた。

「破水したといっても全部の水が出たわけじゃなくて、なんか大丈夫らしいよ」

「そうなんだ？　じゃあ、まだいつになるかは分からないんだ？」

僕は、あまり納得したわけではなかったが、胎児に特別影響があるふうでもなかったのでひとまず安心した。少しばかり落ち着いて部屋の中を見まわしてみると、個室でとても小奇麗な部屋だった。壁の色は暖かなクリーム色で、窓や棚など細かいところにデザイン的な配慮がなされており、病院が持つ合理的な冷たさや病いの臭いがほとんどなかった。ただ、普通の部屋と異なるのは、衣類やタオル類が山ほど積まれていることだった。

「いい部屋だなあ」

「そうなのよ。それに食事がやたらと豪華なの。毎日こんなの食べてたら太ってしまうんじゃないかな」

窓からは、遠くにそびえたつ山々が白く雪化粧をしているのが見えた。僕は、備え付けのポットから急須にお湯を入れ、熱い茶をすすった。少しばかり落ち着いた。

「病院には真っ直ぐ来たの?」

「そう、さっき着いたばかり」

「じゃあ、今日は早めに帰ってゆっくりしなよ。両親も寿司かなんか取り寄せて待っていると思うから」

僕はベッドの横の椅子に座ったまま、しばらくとりとめのない話をした。

「何かあったらすぐに実家に電話して。基本的に実家で仕事してるから。パソコン持って来たんだ。毎日、昼過ぎに一回来るから」

僕は、そう言い残して、ドアを閉めた。


その後、出産の気配はなかなか訪れなかった。仕事のほうも気にはなっていたが、東京に帰ってもまたすぐに戻ってくる羽目になるのは嫌だったので、原稿整理など家でできる仕事を片付けるという約束で、もうしばらくこちらにいることを上司には了承してもらった。


昼に一回、夜に一回、妻の実家の車を借りて妻の見舞いに訪れた。あとは、ひたすら、僕にあてがわれていた実家の部屋で原稿整理に取り組んでいた。

気分転換を兼ねて、病院帰りに時々、近くを流れる九頭竜川まで足を伸ばした。

九頭竜川は、僕の田舎を流れるあの押寄川とは対照的だった。川幅は広く、その流れは清冽であった。山々の雪解け水が注ぎこむその流れは、何の淀みも濁りもなく、生まれたばかりのような勢いをもって、岩の間をしなやかに流れていく。遠い海を目指す旅の、はつらつたる始まりがそこにはあった。

僕は九頭竜川の清冽な流れを見つめながら、この地から生まれ来る我が子のことを思った。女なのか男なのか、かわいいのかそうではないのか、そんなことはほとんど考えなかった。ただ、妻の故郷であるこの北陸の山間部の片田舎で生まれ出ようとしている事実が不思議だった。僕という父親と妻という母親が待っている場所に出てくるという事実に頭を垂れたい気持ちであった。そして、願わくば、我が子が持つ、何人も侵すことのできない根本的な運命というものが、強く美しいものであってほしいということを祈った。

僕は、九頭竜川のほとりに車を停めて、じっとその流れを見つめていた。四方八方から押寄せてくる水飛沫の音が幾重にも重なり合いながら、激しいうねりとなって、耳の中に響き渡った。川の上を走る風は冷たく、遠くに望む山々は白く悠然と鎮座していた。まだまだ手がかじかむほど寒かったが、川面の上で乱舞する光の波には、暖かな季節の種がかすかに隠されているように思えた。

陣痛が来たのは、入院して五日後だった。僕は慌てて妻の両親共々、病院に駆けつけた。妻はすでに分娩室に入っていた。緊張している自分を客観的に冷ややかに見ている自分もやはり緊張していた。僕の人生において、「生まれて初めて」という体験は、もうさほど多くはないだろうと思っていたはずなのに、何とも大きな「初めての体験」がまだあったのだということに改めて驚いた。しかも、それは新しい生命を待つという、考えてみればどんな体験よりも大きな体験なのだから、恐れ入る。

出産は長引いた。子宮口までは下りてくるのだがそれより先になかなか進めないというのだ。陣痛促進剤を打ったりもしたが、うまくいかない。胎児の心電図にも若干の衰弱が伺えてきたので、帝王切開で出産しないかと、医者から提案された。

「最終的な判断はご主人がなさってください」

出産に関しては手も足も出ない傍観者であった僕自身が、いざという時になって、どえらい球を投げられたものだ。僕は、父親の決断はここだとばかりに、きっぱりと答えた。

「帝王切開でお願いします」

しばらくすると、重々しい扉が開いて、中から看護婦が赤子を抱えて出てきた。

「ああ、生まれたかぁ」

何とも情けない感想を感じながら、僕はソファから立ちあがった。

「落とさないでくださいよ」

看護婦の腕の中に抱かれた子供を見ながら、僕はおかしなことを言おうとして止めた。

新生児室のベッドに寝かされた我が子の顔をガラス越しに見てみると、眠そうな目をしている。たった今、長い眠りから覚めたばかりのような顔だった。

その晩は、妻の病室にある簡易ベッドに横になって寝た。大仕事を終えたばかりの妻の傍で、僕は浅い眠りの中にいた。嬉しいような怖いような、軽いような重いような、奇妙な気持ちでウトウトしていた。

病室のドアがノックされ看護婦が僕を呼び出したのは、深夜の二時ごろだった。別室に連れていかれると、待っていた医者がこう言った。

「黄疸が出てきているんです。出産数日後に黄疸が出てくるのは普通なんですが、出産当日に出てくるのはどこかに問題があると考えられます。その原因については、すぐに調べる必要があると思われます。その結果を受けて対処しなければならないんですが、問題は、黄疸の原因となるビリルビンという毒素の量が一定以上になると、厄介なことが考えられるんです」

僕の頭は、極度の緊張と恐怖で次第に白く硬直し始めた。深夜の時間が持つ不安な空気がその上に重なった。

「えーと、つまり、それはどういうことですか?」

「脳にダメージを与えることがあるんです」

医者はそのメカニズムを詳細に話していたが、「脳」という単語と「ダメージ」という単語の重さに、僕の感情は叩きのめされ、ともすると合理的な判断を失いそうだった。

「ビリ…ビリ…」

「ビリルビンです」

「そのビリルビンの量は今どのくらいなんですか?」

「かなり高い数値になっています。まだ大丈夫ですが、このままいくと危険領域に入る可能性があります」

「どうすればいいんですか」

「ここでは精密検査ができませんから、県立病院に至急移動して調べたほうがいいと思います」

「分かりました。お願いします」

医者は何やらあちこちに電話をかけ始めた。看護婦は階段を足早に降りていった。僕は、何をすればいいのか分からずに、妻の病室の前に行ったかと思うと入らずに、すぐまた医者の前に戻って来たりした。そして、廊下の奥に置いてある公衆電話にカードを差し込むと、妻の実家の電話番号を力をこめてまわした。何度もコールするが義父母は出てこない。もう深夜の二時過ぎだ。諦めて切ろうとしたとき、ようやく義母の声が聞こえてきた。状況を伝えると、すぐにこちらに向かうと言う。

問題は妻だ。できるだけ客観的に、そしてオブラートに包んで状況を伝えて、県立病院に子供と一緒に行ってくる旨を伝えた。

「うん、分かった」

驚くほど冷静な妻の姿に、僕は驚きもし安心もした。

救急車が大げさな音を放ちながら病院に近づいてきた。その音は、目の前にある危機を煽り立てるかのように大きくそこらじゅうに響いていた。うねりのように高鳴る音は、僕の心臓の鼓動を早め、耳の奥から脳の髄までズキズキと響き渡っていた。病院の中庭に到着すると、大げさな音はしおれた花のようにフェイドアウトした。代わりに救急車の上に載っている赤色灯が、静寂が戻った病院の中庭を、異様なくらい隅々まで朱く照らし出していた。

看護婦が移動用の保育器を抱えてあたふたと玄関から出てきた。まるで鳥かごのような保育器の中に、おしめだけをつけた娘がごろんと横になっていた。泣くでもなく、ぐずるでもなく、目をつぶってごろんと横になっていた。僕はその姿を、どうすることもできなくて、まるで赤の他人のように、ただ黙って遠めに見つめているだけだった。看護婦も義父母も救急車のスタッフも、みんなみんな朱く照らし出されていた。夜の闇の中で、我々のいる場所だけが朱く浮かび上がっていた。

僕と義父母は、自分たちの車に乗りこんで、救急車の後をついていくことになった。

ハンドルを握ったのは僕だった。娘を乗せた救急車はすぐに走り始めた。その速度は速かった。地元の道に詳しくない僕は、救急車についていこうと懸命だった。救急車が放つ赤色灯を凝視し、アクセルとブレーキを激しく操作した。

山間部の深夜の三時は、光がどこにも見当たらなかった。思い出したように出てくる信号機と、忘れ去られたようなまばらな街灯だけが、薄ぼんやりとした明かりを時々提供してくれるだけだ。あとは、ただひたすら闇の中を走り抜けていく。

義父母も僕も誰も口を開こうとしない。黙りこくったまま、ただ闇の向こうで光る赤色灯の朱い光だけをじっと見つめていた。

生まれたばかりの命が傷つくかもしれない。何も知らない娘は、あの鳥かごのような保育器の中で、己の運命に沿って息をし、手足を動かしているであろう。その先に待っているものが、試練か安堵かは誰も知らない。

闇を走りぬける朱い光を見逃すまいと、そして、小さな命の行き先を見逃すまいと、僕は必死で救急車の後ろを追いかけた。遠くに見える山々が真っ黒い姿で僕らを見下ろしている。

その時、突然、僕の脳裏に、五歳の時の光景が鮮明に蘇ってきた。それは、診察してくれる病院を探すため、深夜の田舎町を走りまわった時のあの光景だった。

「浩一、浩一」と、僕の名前を呼びながら、救急車の中で僕の顔を必死に覗き込んでいた母の両目。そして、その母の背後に広がる窓の外の深夜の闇。さらに、建物に反射して飛びこんでくる救急車の赤色灯の朱い光。その果てしない闇と朱色は溶けあって、窓の向こうから、父と母に知られぬように、そいつは僕をじっと見つめていたのだ。

「母ちゃん、お化けがおるとよ。僕ば見よるとよ」

僕は、幼い日に訴えたその言葉を、今娘を追いかけながら、義父母に気づかれぬように小さく呟いた。

「お化けがおるとよ。娘ば見よるとよ」

幼き日の僕を見つめていたお化けが、今は娘が乗る救急車の窓から娘をのぞいているのだ。数十年の時を越えて、また思い出したように、やってきたそいつを僕は憎んだ。遠くを走る救急車にすぐさま追いついて、そのお化けを叱咤し、蹴散らしたい思いにかられ、アクセルをさらに踏み込んだ。恐怖が体の奥底から競りあがり全身に鳥肌が立ったその瞬間、大きな交叉点で赤信号に止められた。

ハンドルを指で小突きながら、時を待った。信号が青になった瞬間、僕はすぐに発進した。遠くまで去ってしまった朱い光を追いかけるように、そして朱い光を包み込む闇を恐ろしい眼差しで睨みつけながら、僕は思い切りアクセルを踏み込んだ。

僕らが病院に到着したときは、すでに娘は集中治療室の中に運びこまれており、その姿を見ることはできなかった。

待合室のソファに腰を下ろしたまま黙りこくった僕と義父母のところに、看護師がやって来て、こう言った。

「お父さんだけ、先生のところにきて頂けますか?」

僕が立ちあがろうとすると、義父が歩き始めた看護師の背中に向かって声を投げかけた。

「私たちも行っても構いませんか?」

看護師は振り向くと、伏せ目がちな目線で申し訳なさそうに答えた。

「申し訳ないのですが、お父さんだけにしてください」

僕は、義父に近づいて小さな声で囁いた。

「大丈夫ですよ。僕が行ってきますから」

看護師の後について歩く僕は、まるで受刑者のようだった。何を言い渡されるのか、何が待っているのか、震える気持ちを冷たく見つめながら、廊下に響く足音に体を硬くした。

連れていかれた部屋には若い医者が座って待っていた。

「また、若い医者か。おやじのときと同じだ」

落胆した気持ちを隠して、冷静さをつとめて装いながら医者の前に座ると、その若い医者はいきなりこう切り出した。

「全身の血液を取りかえる必要がありそうです」

「取りかえる？」

「血液型不適合というのを起こしているんです。母親の血液型O型とお子さんの血液型A型が合わないので、お子さんの赤血球が壊れ始めているんです。赤血球が壊れるときにビリルビンという毒素が出てくるのですが、この量が一定の数値を超えると、危険なんです。RH±の血液型の不適合ではかなり重症になる場合があるのですが、お宅のようにABOの血液型でこんなにきつい不適合は珍しいですね」

その後、医者は、血液を入れ替える方法や、心配される事柄などについて懇切丁寧に教えてくれた。親父のときの若い医者とはだいぶ様子が違った。僕は、だいたいのことを理解したあと、単刀直入に質問をぶつけた。

「それで、血液を全部入れ替えすれば、あとはもう大丈夫なんですね」

若い医者は一呼吸置いて静かに答えた。

「問題はビリルビンの数値なんです。ビリルビンの数値がいつ頃から減り始めるかということが問題なんです。もし減少速度が遅く数値がそのまま上昇するようであれば、脳に何らかのダメージが出てくる可能性があります」

僕は医者の顔を食い入るように見つめながら、さらに続けた。

「結果の良し悪しは、どのくらいで分かるんですか？」

「ここ一日二日でだいたいの流れは決まると思います。あとは、入れ替えた血液をお子さんの体が拒絶してしまうと、繰り返し入れ替えをしなければならなくなります。その点も注意が必要です」

再び、脳という単語とダメージという単語に襲われて、僕はまたしても頭が白く冷たくなった。

「わかりました。よろしくお願いします」

僕が深々と医者に頭を垂れると、医者は、まだ僕を逃すまいとするかのようにこう言った。

「それから、もうひとつ、気になることがありまして」

「はい」

「これを見てください」

医者は、椅子の横のライトテーブルに吊るしてある数枚のフィルムを指差した。そこには脳の断面図のようなものが映り込んでいた。

「脳をスキャンして見たら、小さなくも膜下出血が見つかったんです。この白い部分です」

僕は、医者が指差す白い部分の画像に目をやりながら、くも膜下出血という言葉に、追い討ちをかけられるように打ちのめされて、口の中が乾いて仕方がなかった。

「出産のときは、通常分娩であれば産道を通る時頭を強く圧迫しますから、おそらくこうした現象が起こることは珍しくないのかもしれませんが、もしこのまま出血した血液が自然吸収されない場合には、問題が発生するかもしれません」

混乱した頭を整理するように、僕は言葉を選んで問いかけた。

「自然吸収されることもあるわけですか?」

「ええ、生まれたばかりですし、成長が早い時期ですから、そういう可能性は低くはないと思います……。いずれにしても、まずはビリルビンの数値を下げるために、血液を全部入れ替えることが先決です」

医者は、最後に机のテーブルから一枚の書類を取り出すと、僕の目の前に置いた。手術の同意書であった。文面を読むと、要するに今後発生するマイナスの結果については、その可能性を承知した上で父親として手術に同意するという宣誓をする内容だった。

僕は生まれて初めて、自分以外の命に対して責任を負おうとしていた。これまでの自分は、自分のことだけで精一杯だったのに、心の準備をする暇もなく突如として自分以外の命に対して責任を負おうとしていた。医者から手渡されたボールペンを握り、おもむろにサインした。下に敷いてあるガラスのテーブルは硬く、ペン先を強く弾き返していた。

僕は、それから丸三日、ほとんど寝なかった。

その日が出産後何日目になるのかも分からなかった。風呂も入らず、髭もそらない日々が続いた。病院の洗面所で鏡を見ると、僕の顔は森の中をさ迷う敗残兵のようだった。目は充血し、異様にぎらついていた。鏡の中に映る射すような視線が僕自身を睨み返していた。

疲れ果てた体とは裏腹に異様に冴えている頭をもてあますように、僕は病院の廊下のソファに座っていた。両手両足を投げやりに投げ出して、廊下の窓から外をぼんやりと見つめていた。ガラスに映りこむ蛍光灯の灯りの向こう側には、夜の闇が広がっていた。暗い夜、暗い廊下、暗い窓。

ふらふらと立ち上がった僕は、窓の前に立ち、外を眺めた。そこからは、立ち並ぶ民家の屋根が見下ろせた。夜遅い時間にもかかわらず、いくつかの窓からは灯りが漏れていた。目に映るそれらの温かい光は、平穏という日常のありがたさを僕に見せびらかしながら、僕が描いてきた我が子とのささやかな夢の断片を突如として引きずり出してきた。

例えば、ピアノが弾けない僕は、子供にピアノを習わせたいと思っていた。そしていつか、子供にピアノの手ほどきを受けたいと思っていたのだが、そんなことは遠い夢となるかもしれない。また、幼稚園の黄色い帽子と黄色い鞄は必要なくなるかもしれないし、そもそも通常のベビー用品をあれこれ買い揃える必要もなくなるかもしれない。

浮かび上がるささやかな夢は、医者から言い渡された「脳・障害」というわずか二つの単語によって砕かれながら、病院の冷たい廊下の床へと転がり落ちた。

「家に帰って休んでください」と医者には言われたが、帰って何するわけではないし、僕はその日も病院のソファで寝ることにした。体中が疲れている。疲れているが、頭はヒリヒリと異様に冴えていた。僕は毛布を鼻まで引きずりあげて目を閉じたが、目を閉じた瞬間、僕の心に異変が起きた。

天地がひっくり返ってぐるぐると回りだすような感覚に包まれたかと思うと、突然、僕の体の上に重くて息苦しい何かが覆い被さってきた。それは、真っ黒で肉厚な不安であった。不安というものがこれほど重く息苦しいものだということを、生まれて初めて知った。

僕は、思わず跳ね起きて呟いた。

「寝るどころじゃねぇや」

ソファの上に起き上がり、不安を払い除けようと、胸深く息を吸い込んだその瞬間、覆い被さっていた黒い肉厚な不安が、僕の心の隙間にスッと入りこんできて、こんな言葉を呟いたのだ。

「障害を背負って生きていくくらいなら、いっそ、命を落とした方が幸せなんじゃないのかい？　娘も、そして、あんたさえもね！」

僕はその言葉をまともに聞くことができなかった。それはまぎれもなく、僕の心の奥から湧き上がってきた言葉だったからだ。上からのしかかってきた化け物の言葉は、そのまま僕の闇から生まれてきた囁きだったのだ。

僕はその不気味な声を振り払うようにソファから跳ね起きて、再び窓の外を眺めた。邪心を打ち払うように深呼吸をし、ふーっと息を吐き出した。窓の外には先ほどと変わらない民家の灯りが見えていた。目の焦点を窓ガラスに映してみると、まことに無残な、僕という汚らしい男の顔が映っていた。

僕は、僕の中を見透かした化け物を振り払うように、外に飛び出した。車に乗りこみ、エンジンをふかした。カーラジオから流れてくるＤＪの軽快なトークに慰めてもらいながら、市街地を離れ、北陸の深夜の山間部を走った。民家はまばらとなり、四方の山々が、濃紺の夜空の中で真っ黒い影となって横たわっていた。その黒い影は、僕の心の闇をじっと見透かしているようで怖かった。

深夜の道は、車はほとんど通らない。たまにすれ違う車も、一瞬にして背後へと飛んでいく。しばらく走ったところで、僕は車を止めた。外に出ると、三月の北陸の肌寒い風が体を包んだ。僕は、九頭竜川の川辺に立っていた。

川辺に立ち並ぶ無数の草木が、強い風に吹かれて、激しくざわめいている。川面は闇の中でほとんど何も見えないが、草木のざわめく音に混じって、水が飛び跳ねる音がザアザアと聞こえてきた。ふたつの音はひとつになって、僕の頭の中に波紋が広がるように鳴り響いていた。

上空には、無数の星が真っ黒な闇の中で瞬いていた。全ての星たちが、心の中を見透かすように、静かにじっと僕を見下ろしていた。ひとつひとつの星たちはまさに命であって、無数の命たちが皆で寄ってたかって僕だけに見入っていた。僕は息をのむほど美しいそれらの星に恐れをなしながら、目を閉じて大きく息を吸いこんだ。

その時だった。

激しく吹いていた風がぴたりと止んで静寂が辺り一帯を支配したかと思うと、九頭竜川の流れる水音だけが「ザアザア」と辺りいっぱいに広がったのだ。目には見えないけれども闇の奥から響いてくる「ザアザア」という音だけが僕の中で渦を巻き、意識のすべてを包み込んでいった。永遠に続くかのようなその音のなかには、数限りない命の鼓動があった。無数の水滴から生まれた一つ一つの音が、「私は生きてる」と叫びながら、生まれては消え、消えては生まれていた。

僕の頭の中には、再び闇の中に潜む化け物の言葉が浮かんできた。

～障害を背負って生きていくくらいなら、いっそ、命を落とした方が幸せなんじゃないのかい？　娘も、そして、あんたさえもね！～

僕は息苦しさに耐えられなくなって、川原の玉砂利を踏みつけながら水の流れるほうへと歩いていった。そして、清冽に流れる川面に向かって嘔吐した。恐ろしい言葉が生まれてきた心の奥底の闇の部分を搾り出すように、また、清冽な川の流れに汚物を持ち去ってもらうかのように、吐き出した。

仏教では、人間の業を説く。運命や宿命といわれるものの土台となる存在だ。それ相応に幸せな生を全うする者、人の哀れみを誘うほど過酷な生を生きなければならない者。そうしたさまざまな人間のもって生まれた「差」を作り出すものが、業だという。そして、その業は「行為」と「言葉」と「思い」によって積まれるという。だとすれば、思いたくないのに思ってしまう、そうした思いを抱いてしまうこと自体、その人間の業というしかないのであろう。

僕は、吐き出すものがすべてなくなるまで、胃をよじりながら吐き出した。自らの業を吐き出すように吐き出した。

そのとき、遠くからサイレンの音が響いてきた。闇の中に緊迫感を放出しながらその音は近づいてきた。振り返ると、朱い光が背後の道路を猛スピードで通り過ぎていった。その光を見送ったとき、僕は、自分自身の幼き日の朱い記憶を思い出していた。母が僕を見つめるその背後に広がっていた闇と朱色の光だ。

死の縁に佇んで泣いていた五歳の僕が、不意に、今、走り去った救急車の中にいたような気がしたとき、僕は、身震いした。同じ光景を今度は娘が再現していたことに気がついたからだ。母や父と同じように今度は僕が、闇の中を走る朱色の光を必死に追いかけて走っていたのだ。そのとき、ひとつの言葉が浮かんだ。

業の連鎖。

そういえば、父は、亡くなる直前、僕に「許してくれるか」と問いかけながら、僕が髄膜炎を発症した時のことを話してくれた。僕は、父がなぜ死の縁にありながら、どうでもいいような昔話を言い出したのか正直分からなかったが、今、僕は父の気持ちがはっきりとわかったような気がした。

僕は、遠ざかるサイレンの音と朱い光をほうけたように見送りながら、口の中に残った酸っぱい嘔吐物をツバと一緒に吐き出した。九頭竜川は、愚かな男のドタバタ劇を傍観するかのように、ザアザアと音を立てながら勢いよく流れていた。

「結局僕は、冷たい人間なんだよな。条件でしか人を愛せない人間なんだよな」

突然、涙が溢れてきた。

二日後、ビリルビンの数値は危険領域の手前で、徐々に下降していった。極度の緊張と恐怖の中に、微かに暖かな光が差し込んで来た。

九頭竜川のほとりでの出来事以来、僕は、四六時中、何かに向かって祈るようになっていた。娘の命に向かって、そして同時に、僕自身の奥の奥にある、己が抱える業をも包み込むような大きな存在に向かって、深く頭を垂れるようになっていた。両手を合わせ、我が子の無事を念じながら続いたその祈りは、あるときを境にして、変質した。「どうなったとしても、大丈夫」と、起きうるすべてを受け入れる〝覚悟〟のようなものに変質していったのだ。そして、その時以来、化け物の囁きは一度も聞こえてこなくなった。

その後も、ビリルビンの数値は、着実に低下していった。

「もう大丈夫でしょう」

医者の言葉が全ての重荷を開放した。

娘は助かった。

僕は三日ぶりに妻の実家に戻った。風呂に入って伸びた髭を剃り、体を丁寧に洗った。そして、疲れ切った体をソファに横たえて、冴えきった目をぎらつかせながら天井をぼんやりと眺めていると、突然、電話がなった。出てみると、聞き覚えのある女の声が聞こえてきた。

「元気〜？　携帯電話切っていたでしょ？　編集者はいつだって電源入れとかなきゃダメじゃない」

フリーライターの山本久美子だ。電話に出たことをひどく後悔したが、今さら切るわけにもいかない。早く用を済ませてほしいと願った。

「遅くなったんだけどさ、女の子だったんだって？　さっき、編集部の連中から聞いたんだ。お祝いの電話しようと思って電話したのよ。どう？　かわいい？」

「まあまあ、かわいいですよ」

僕は今、仕事関係者の声を聞くのがたまらなく嫌だった。

「帝王切開で大変だったんだって？」

僕は、もううんざりしていたが、東京に帰ったらすぐに彼女との仕事が始まるので、無碍に電話を切るわけにはいかなかった。

「大変でしたよ。もうへとへとですよ。ようやくひと段落しているところなんですよ」

「ああ、そうか、ごめんね。大変なことって重なるときは不思議と重なるもんだよね。仕事と同じだ。ところでさ、実は私もいい知らせがあるのよ」

「どうしたんですか」

「できちゃったの。赤ん坊が」

「マジですか？　例の精子バンクの子供ですか？」

「そう、東大出身のエリート。マスクもバッチリの男の精子。私もいよいよシングルマザーよ」

　ぼくは何と言ってよいのか分からなかったが、ひとまず、

「おめでとうございます」

と言ってみた。

「ありがとう」

「どんな気分ですか？」

「嬉しいに決まっているじゃない」

「母親になる感じはしますか？」

「まだあんまり実感はないけど、そんなの、お腹が大きくなったらあるんじゃないの」

「ええ。ただ、自分で選んだ精子でしょ、選んだ遺伝子だから、どんなものかなと思って聞いたんですけど」

山本は、軽く侮蔑するような声で言った。

「結婚相手を選ぶときも男を選ぶわけでしょ。選ぶという点では何にも変わらないのよ」

「なるほど」

僕はここらが電話を切る潮時かなとも思ったが、さらに言葉を継いだ。

「僕は、山本さんが精子バンクで妊娠したことを非難しているわけじゃないんです。さまざまな考え方や状況の中でそうしたことがあってもいいと思うんです。ただ、忘れてならないことがあるような気がするだけなんです」

「何よ、それ？」

山本久美子の声は明らかにトーンダウンした。

「いや、僕も何と言っていいのか分からないんですが、何か大事なことがあるような気がするだけで……」

少しの間が空いたあと、彼女は静かに言った。

「藤沢君、余剰卵って知っている?」

「ある程度は。いわゆる……、不妊治療の過程で生まれてくる受精卵のなかで、実際に母親の胎内に返されることのない卵、つまり、余ってしまったまま凍結保存されている卵のことですよね」

「そう。今問題になっているのが、その余剰卵を、心臓や肝臓や骨やあらゆる臓器に成長できるES細胞として使用しようという動きがあるわけよ。つまり、ある夫婦の受精卵が、一個の人間じゃなくて心臓や腸や肝臓というひとつの臓器に成長するわけ。まだ将来の話だけど、余剰卵の持ち主である夫婦に対して、病院側がES細胞として使用させてほしいという許可を求めることがあるんだよね」

「親は複雑な心境でしょうね」

「そう、我が子となる種が人の臓器になると考えると、なかなか了承できないわよ。つまり、生殖産業ってものすごいところまできているわけで、そんな問題に比べたら、精子バンクなんかたいした問題じゃないわけよ。そう思わない?」

僕が伝えたいと思ったことが伝わっていないことは分かってはいたが、これ以上どう話せばよいのか分からなくなって、僕は煙草を探した。

「すいません。ちょっとタバコとってきます」

電話を一旦置いて、テーブルの上にあるタバコとライターを持ってきた。一本抜きとって火をつけた。胸いっぱいに煙を送ると、ゆっくりと吐き出した。

「分からないんですよね、結局……。どこからどこまでが生命なのか……。山本さん、タバコモザイク・ウイルスって知ってます？」

「いや、知らない」

「スタンレーという学者が発見したんですが、このウイルス、結晶になることがあるんです」

「何、それ？」

「でしょ？　何それって感じなんですが、間違いなく生物なんですが、突然結晶になってしまうんです。それで、結晶だったものが突然生物として生命活動を始めるんですよ。結晶と生物の間を行ったり来たりしているんです。発見したスタンレーという学者も悩んだみたいですよ。これは物質なのか、生物なのかって」

「おっもしろい！」

「そう、で、結局、これは生物にもなるし無生物にもなるという結論に落ち着いたんですって」

「苦肉の策だわね」

山本はさも可笑しそうに笑った。

「なんていうのか、だから、僕らが生物と呼んでいるものは　極めて限定された範疇のものでしかないのかなって気がするわけです。植物は動物に比べたらモノっぽいですけど、結局生命体でしょ？　それと同じように、物質も植物に比べたら明らかにモノだけど、それだってたいした違いじゃない気がします。結局、分からないですよね。不思議としか言いようがない」

僕はもっと何か言おうと思ったが、言葉がそこで止まってしまった。

「……で、どうなのよ」

山本が次の言葉を催促した。

「だから、ＥＳ細胞も必要とする人がいて了承する親がいればいいんじゃないかと僕は思うんです。遺伝子を選ぶこともいいと思うんです。ただ、それだけじゃないって気がするんです」

「それだけじゃないって？」

山本は、さらに間を詰めてきた。

僕は、言葉を捜しながら煙草を吸った。染みが広がる天井を凝視しながら、煙を吐くと、
三日前の北陸の山間部での出来事が蘇ってきた。

闇の中を流れる清冽な九頭竜川が発した声。「ザアザア」と耳の奥で波紋のように広がる川の音。僕を一斉に覗き込んできた夜空で瞬く無数の星。そして、僕の闇の中で囁いた、化け物の恐ろしい声。

「優れた遺伝子を選ぶことができるんだったら、誰でも選びたいと思うのは当たり前かもしれません。才能があるほうがいいし、顔かたちもいいほうがいいに決まってます。でも、才能や能力や容姿を超えた何ものかに対して頭を垂れるような気持ちがなかったら、どんなに優れた遺伝子を選べても意味がないと思うんです」

山本は、黙ったまま聞いていた。

「そうした条件を超えたもの、運命というものを持ったそのもの、その本体、それを忘れたら優れた遺伝子なんかたいした意味を持たないような気がするんです」

山本は相変わらず黙ったままだ。

「ごめんなさい、生意気言って」

「いいわよ……、でも藤沢君、なんか変わったね」

僕は、娘のことを詳しく話そうかとも思ったが、言葉は出なかった。

「いや、そんなことはないんです。ただ、頭を下げるしかないものがあるような気がするんです。それを忘れたら、きっと、その人は、人を条件だけで見るようになってしまう気がするんです」

僕と山本の間には静かな時間が数秒流れた。

「……じゃあ、また東京で。元気でね」

山本は、珍しいくらいに静かな声を残して突然受話器を置いた。

僕は、重い体がますます重くなって、畳の上に、どっと身を横たえた。

ぐっすりと寝たその翌日は、体も少し軽くなっていた。

僕は、峠を越えた娘に対面するために、病院へと車を走らせた。すっきりと晴れ渡った青空が気持ちよかった。病院に着き、小児病棟の集中治療室に行くと、看護婦から指定された青い衣服と帽子とマスクを殺菌室から取り出して着用し、消毒液を両手に噴霧し、静かに部屋のなかに入って行った。

その部屋には、超未熟児など、何らかの問題を抱えた新生児たちが、それぞれの保育器の中で生きるための戦いを懸命に繰り広げていた。全ての新生児の体には数本のコードがつながれていて、横に設置されているモニターからは電子的な心拍音が途切れることなく部屋中に流れていた。手のひらに乗りそうなほど小さな新生児、体の色がどす黒い新生児、触れれば今にも壊れそうな生命体の間を、僕は恐れながらゆっくりと進んだ。

生まれてすぐに大きな試練を乗り越えた我が子が、おしめをはいただけの格好で寝ていた。僕は、保育器についている穴から恐る恐る手を差し入れて小さな我が子の手に触れてみた。僕の小指をつかむ力は力強かった。僕は、娘の持つ運命というものに心の中で拍手を送った。

繰り返し流れてくる電子音はリズミカルで、モニターの中のグリーンの波線は、未来へ未来へと流れるかのように、左から右へと確実に刻まれていた。

四

僕は、父の四十九日法要を無事終えて、ひとりで実家の居間にいた。親戚は皆帰り、姉も兄もそれぞれの家庭へと戻って行った。僕は明朝、飛行機で東京へ帰ることになっている。

妻も子供も無事退院し、今は、妻の実家で順調な日々を送っているようだ。

四十九日法要が終わってしばらくすると、これまでの様々な疲れがどっと出てきてしまって、僕は、ただじっと横になっていた。

主をなくした古びた家の窓からは、春の日差しが差し込んでいた。それはとても暖かだった。それは、北陸の山間部の厳しい冬の名残が感じられた春の日差しとはまったく異なる、緩みにあふれたゆったりした温もりだった。

二十年近く、僕をはぐくみ育ててくれたこの家は、もうじき、おそらく人手にわたるだろう。最終決定は兄弟による話し合いによらなければならないが、もしかすると、二度と自分の家として立ち寄ることができなくなるかもしれない。そうなると、故郷に帰って来ても、奪われた恋人を遠めに見るように、外から眺めるしかなくなるのだ。主をなくした家はまるで抜け殻のようにガランとしているが、僕らをずっと見つめてきた家の慈愛は、そこかしこで静かに息をしていた。

春の日差しの中でうたた寝したのだが、目を覚ますと、すでに外は暗くなっていた。僕は、久しぶりに桜丘公園の夜桜を見に行くことにした。幼い頃は毎年出かけていった花見の場所だが、故郷を離れてから二十年近く一度も行ったことがない。

昔は、花見の季節になると、歩くのも大変なほどの人ごみで賑わった。道路の両側には近県から集まってきた露店がびっしりと軒を並べ、芝生の上では夜がふけるまで、ここぞとばかりに羽目を外す連中の宴で埋め尽くされていた。僕も数百円程度の小遣いを母親からもらっては、ちんけなお化け屋敷に夢中になり、それほどうまくもない林檎飴をなめたりしたものだ。

高台の上にある公園までは、くねくねと折れ曲がる道を上って行かねばならない。道の両脇にはびっしりと桜の木が並んでいて、通称「花のトンネル」と呼ばれていた。桜の季節になると、文字通り桜の花のトンネルがずっと続くのだ。

約二十年ぶりに訪れた花見の会場は、ずいぶんと小奇麗になっていた。洒落た街灯、区画整理された公園。そして、何よりも人の数がめっきり少なくなっていた。昔はびっしりと人で埋め尽くされた芝生も、今はあちこちに空きがある。

「ずいぶん、変わったなあ」

思わずそう呟きながら、僕は、何するわけでもなく、露店や宴の様子を眺めながらぶらぶらと公園の中を歩いていた。

そのとき、僕の背後からぶつかってきた老人がいた。相当酔いが回っているらしく、僕にぶつかったあとはさらにつまづきながら、大人数の宴会グループの輪の中に倒れて込んでしまった。酒の入ったコップや酒の肴が散乱した。

「馬鹿野郎！」

「なんばしよるとか！」

中年男ばかりのグループからは、倒れこんできた老人に向かって、一斉に非難とやじの声がぶつけられた。

「あーいた、酔っぱろうてしもうたばい」

老人は、罵声を気にするふうでもなく、何事もなかったかのように、ヨタヨタとコップやつまみを押しつぶしながら立ちあがろうとしていた。

その禿げた頭を見て、僕は驚いた。父が亡くなる数日前、あの押寄川に落ちて溺れそうになった、あの老人だったのだ。

「爺さん、元気だったんだ……」

僕は、声をかけようかと思ったが、僕のことを覚えているとはとても思えなかったので、そのまま黙って見つめていた。

老人は、グループの中のひとりにケツを後から激しく蹴られて芝生の上に再び転んでしまった。

「あーいた、もう年ばい」

老人は怒るでもなく立ちあがると再びフラフラと公園の中を歩いて行った。

僕は、その後ろ姿をじっと見送りながら、押寄川の黒い川面を海に向かってどんどん流されて行ったあのときの老人の後ろ姿を思い出していた。なす術もなく、なされるがままに、そして自分がどんな状況に置かれているのかさえも理解していない姿であった。まったく無価値で、受動的で、非生産的なその姿は、滑稽で哀れでしかなかった。

けれども、それでも、彼は彼なりに生き延びようとしていた。ひょこひょこと川面に浮いたり沈んだりを繰り返しながら、生き延びようとしていたはずなのだ。悠然と海に向かって進む黒い流れに身を運ばれながらも、岸に辿りつこうともがいていたのだ。彼は彼なりにもがいていたのだ。

そんなことを考えていると、僕はふいに、あのときの老人を軽蔑した気持ちとはまったく逆の、静かで温かい気持ちに包まれた。

「生きてていいんだよ。何があっても何をしても、生きてていいんだよ」

通行人にぶつかりながらフラフラと歩いて行く老人の背中に向かって、僕は心の中で語りかけた。

そんな僕の想いを知ってか知らずか、老人は、ふらつきながら、大きな声で聞き覚えのある歌を歌い始めた。

♪空のあっかぎ　恐ろしか
精霊舟の船頭の
行くとこのーして
消えさいた

夢のあっかぎ　恐ろしか
どんばら　ぜんもん　とんこづく
行くとこのーして
消えさいた♪

あの時と同じように異様にでかい声だった。

老人がまたあの時と同じようにフラリとどこかに消えてしまった後、僕は、一人ベンチに座って、日本酒のきつい臭いと喧騒が渦巻く真っ只中で、あたり一面に咲き誇る桜を見上げていた。夜空に浮かぶその花びらの群れは、生々しいほどの生の息吹を撒き散らしていた。狂ったように花びらを広げ、狂ったように風に揺れていた。

昔、僕は、こんな話を聞いたことがある。

桜の花は、人骨の栄養分を吸い上げながら美しくなる。人骨が多く埋まっていればいるほど、その上に咲く桜の花は、妖しいほどの美しさを持つ、と。

何の根拠もない話ではあったが、そのとき、僕は、その話はきっと本当なのだと理解した。そうでもなければ、多くの人間を自分の足元に引き寄せて、まるで、たがが外れたように酒を食らって唄い叫ばすわけがない。我を忘れて歌い笑う人たちの上に、白い桜の花びらが無数に降り注いでいた。

僕は、生と享楽と喜怒哀楽が渦巻く花見の会場を後にして、坂道をゆっくりと下り始めた。「花のトンネル」がもうじき終わる頃、街の向こうから救急車の音が、肥大化しながら近づいてきた。僕の目の前を、心臓をつかむような激しい音を残して横切ると、夜の町はずれへと走り去っていった。先を急ぐ救急車、遠く小さくなっていく朱い光。その朱い光をぼんやり遠くに見送ったとき、僕は、かすかな動悸に見舞われた。僕の耳奥に、母と父が懸命に呼びかける声が再び聞こえてきたのだ。

「浩一！　浩一！」

僕の体の奥底からは、何かに突き動かされるような、焦りにも似た熱いものがこみ上げてきた。

「生きなきゃいけない……」

僕は、春だというのに身震いしてそう呟くと、「花のトンネル」を再び見上げた。背後に広がる夜空をバックに、微かにピンクがかった白い桜の花びらが、強風に吹き飛ばされて、何百、何千と群がって、僕の頭上に降り注いできた。僕は、静かに手のひらを前に差し出した。人骨のように白く美しい花びらが数枚、手のひらに危うくそっと舞い降りた。

（第16回　日本海文学大賞受賞作品）

ただ独り歩め

目の前に立ちはだかる巨大な水槽の壁は、ガラスでありながら、高層ビルの外壁のように威圧的だった。高さ十メートルはあろうかと思われるその中には、海水が湛えられていて、青黒く揺れていた。

ヒロは、入場の際にスタッフから手渡された透明な雨合羽のボタンをはめ終えると、その高さを確かめるように、首を上に向けた。頂上はずいぶんと遠いところにあって、井戸の中に落とされたような圧迫感が前方から迫ってくる。

「もし、これが決壊でもしたら、一瞬で終わりだな」

そう思ったとき、右手を引っ張る娘のユリが小声で呟いた。

「パパ、怖いよ」

「大丈夫だよ」

ヒロは、笑いながら、幼稚園の年長組になったばかりのユリの左手を両手で撫でた。

そこは、巨大水族館のイベント広場だった。野球場の扇形スタンドのようなばかでかい観客席には、これからこの水槽で繰り広げられるショーに胸を躍らせる人たちが隙間なく座っていた。ヒロが左右に眼をやると、緩やかなカーブを描いて延々と座席が配列されており、左右両端の観客は、男女の区別さえもつかないほど小さく見えた。後ろを振り向くと、最後尾まで座席が配列されていたが、それは今にも倒れてきそうなほど急勾配に思えた。

開演直前の観客の興奮は、うねりのようなざわめきとなって会場を包み、最前列に座るヒロとユリもそこに同化していた。

最初に披露されたイルカのショーは、どこにでもあるような、たわいないもので、最前列に座るヒロたちにとっては意味のないショーだった。なにしろ、目の前にそびえ立つのは青黒く見えるガラスの壁であり、水上で繰り広げられている愛くるしいショーは、ほとんど見えないのである。かろうじて、水中に落下した後の動きはリアルに観察できたのだが、それは本来のショーの面白さではない。

イルカが舞台から去ると、いよいよメインイベントだ。観客たちは一斉に雨合羽のフードを頭にかぶせ、場内アナウンスに耳をそばだてた。

「それではいよいよテン・カウントと同時に、右側の大きな穴から登場します！」

数え始めた女性アナウンサーの声と気持ちを合わせるかのように、観客の神経は眼前の水槽に集中し、期待は急カーブを描いて高まった。ピークを迎えたその瞬間、巨大な生物が右斜め上から水中に突入してきた。水面を叩く音が爆発音のような振動をもって会場中に響き渡り、同時に水槽には白い泡が右斜め上からヒロの眼前を通って左斜め下に向かって走り去った。その美しい線が崩れると、無数の白い泡が水面に向かって一斉に舞い上がり、まるでレースのカーテンのように広がった。同時に、頭上からは大きな水滴がバチバチと落下してきた。その瞬間、会場は大きな歓声と拍手と興奮に包まれた。

それは鯨だった。

動物愛護団体からは激しい非難が起きそうなこの奇妙で趣味の悪いショーは、この水族館の最大のイベントで、毎日一回、午後二時から始まる。その時間に合わせて遠隔地からも多くの客が集まってくる。

ヒロは、瞬間の出来事を見逃さないように目を見開いていた。美しい泡のカーテンが消え去ると、鯨の大きなシルエットが青黒い水の奥から徐々に現れて来て、ヒロの前を横切った。水槽のガラスを突き破って突進してきそうな迫力は、もしも水槽が決壊したら、という想像と相まってヒロの体を思わず背後にのけぞらせた。

鯨は、しばらくの間、巨大な水槽の中を悠然と泳ぎ回ると、バケツからぶち撒かれたオキアミの塊におびき寄せられるように、左端の大きな穴の中へと消え去った。その後どうなったのかは分からない。時間にすればわずか五分ほどだったけれども、突入の瞬間の、爆発的なエネルギーが凝縮した音と映像と生命の存在感は、遠隔地からも足を運ぶにふさわしい刺激だった。

その水族館の外観は、横から見ると直角三角形の定規のようで、一番短い辺を地面に横たえたような形状をしていた。地面から垂直に伸びる辺の先端には、もうひとつの斜めに走る辺が合流し、鋭角な先端を形作っていた。天を目指す教会の尖塔というにはあまりにも無機質だったが、水族館がどうしてこのような形状なのかは不明だった。ざっと見たところ三百階はありそうな超高層ビルの外壁は、全てガラス張りで、天気のよい日中は、ガラスに反射する太陽の光が天高くまで光り輝いていた。

水族館は、断崖絶壁の上に建っていた。なだらかな弧を描く海岸線は、高さ十メートルほどの切り立った岩肌を露にしながら、数キロも延々と続いている。周囲に建物はひとつもない。断崖で突然切れる草原が、ただどこまでも広がっているばかりだ。

水族館へとつながる道路には、人気は感じられない。広い大地の中を真っ直ぐに、それだけが人工物であることを誇張するかのように走っており、そこを走る車やバスには、水族館を目指す人たちしか乗っていなかった。

水族館は、地上二階構造だった。三階より上の階には何があるのかは不明だった。さまざまな事務所が入ったテナントと考えるにはあまりに辺鄙な場所だったし、人々が暮らすマンションにしては生活感がなさ過ぎる。いずれにしても、海の生物を観に来た者にとって、その建物の上が何に使われているかは、どうでもよいことだった。

ヒロが訪れたその日は、秋晴れの澄み切った空が広がっていて、光輝く尖塔は、その青を切り裂くように天に突き刺さっていた。無機質な美しさが、遥か彼方で輝いていた。

鯨のショー用の巨大水槽は、その建物の中ではなく、隣接エリアに設置されていた。ショーを見終えたヒロとユリは、人の流れに乗ってゆっくりと出口へと向かい、建物のなかへと入っていた。そこには、広いという以外には他の水族館とさほど変わらない空間が広がっていた。深海魚や熱帯魚や淡水魚などが、その生息エリアによって一階と二階にわたってセパレート展示されていた。

ヒロは、ユリの手を引きながら二階へと向かった。薄暗い空間の中でクラゲや巨大な蟹に見とれながら、散策するように空間の中を移動した。ユリが立ち止まったのがマンボウの水槽の前だった。生身のマンボウを見たのはヒロも初めてだったが、その大きさに驚いた。二畳分ほどもある平べったい体が狭い水槽の中で、泳ぐというよりはむしろ漂っていた。目は白くにごり、口は常に半開きで、半ば死にかけているように見えた。

「パパ、なんか変だね。この魚」

「視力が悪いのかなあ」

水槽のなかには、マンボウのガラス衝突を防ぐために透明なビニールシートが張られていた。感度の悪そうな体がそれに触れるとマンボウはやっと異物の存在を感じ取るらしく、方向転換をゆっくりと行う。ヒロは、その奇妙な動きにぼんやりと見とれていた。今、自分がどこにいて、何をしているのかさえも分からないようなその姿は、愛くるしいと同時に滑稽でもあった。

マンボウの前を立ち去ろうとすると、ユリがいないことに気が付いた。

「ユリ！」

小声で叫んで神経質に辺りを見回しても姿が見えない。

ヒロは、小走りに走り出した。

「ユリ！」

赤いワンピースと黄色いリボンがついた髪を探して、通行人のあまりにも遅すぎる歩行を疎ましく思いつつ、脇をすり抜けながら娘の名前を呼んだ。何しろ巨大な水族館だ。一度迷子になってしまうと簡単には探し出すことが難しい。正当な理由も動機もなく小さな女の子をすれ違いざまに刺し殺した少年のニュースが昨日、流れたばかりだ。

冷静になろうといったん立ち止まり周囲を見渡すと、ロープが張られた昇り階段が目に入った。明かりもついていない薄暗い階段には当然誰も往き来はしていなかったが、ヒロはそのロープを乗り越えて足を踏み入れた。

「ユリ！」

薄暗い階段には、小さな声が大きく響いた。あたり構わずドカドカと大きな足音を響かせながら上っていくと、薄暗い中に、周囲の暗い壁の色とは不釣合いな真っ白なドアが現れた。赤い大きな文字で、「関係者以外立ち入り禁止」と書かれていた。ヒロは躊躇することなくドアを押し開けた。

それは、巨大金庫のドアのように分厚く重かった。軋む音を響かせながらドアを押し開け、中に入ると、そこには巨大な空間がどこまでも広がっていた。視線を遮るものは何もない。建物を支えている大きな柱があるだけで、家具もなければ荷物もない。もちろん人影も見当たらなかった。

ただ、驚いたのは、床がガラスで、下のフロアが丸見えなのだ。先ほど自分とユリが手をつなぎ合って歩いていた通路もはっきりと見える。さまざまな魚類が展示されている無数の水槽も俯瞰で眺められた。ヒロは、一瞬足がすくんだが、鯨の水槽のあの頑丈な分厚いガラスを思い出すと、勇気をもって足を踏み出すことができた。案の定、ガラスの床はビクともしない。ジャンプしても、巨大な石を蹴っているように反応がない。

いずれにしても、ユリはここにはいそうにない。ヒロは元の場所に戻ろうと思い、先ほど入ってきたドアのノブに手をかけた。ところがまったく動かない。ドアノブを逆回転しても、押しても引いてもドアは開かない。ヒロの背後には巨大な空間が広がり、下には多くの人たちが行き来している。

「何だよ！　開けよ！」

ヒロは焦りをドアにぶつけるように靴先で蹴り上げたが、ガンという金属音が小さく響いただけで何の変化も生まれなかった。よく見るとドアノブには鍵穴がない。しかも、入る時は、ドアの色は真っ白だったにもかかわらず、こちら側のドアの色は真っ黒なのだ。

ヒロはドアから少し離れ、頭の中で解決策を巡らせながらドア全体を眺めたが、真っ黒いドアからは何のヒントも生まれてこなかった。

「おーい！」

大声で叫んだ声は、巨大空間の中に響き渡り、わずかな時間差のこだまが幾重にも重なり合った。

その時、自らの心臓の鼓動がはっきり聞こえた。大きく、そして素早く鼓動を打ち始めたその動きがリアルに分かる。

「あの症状が始まった」

ヒロは、その自覚がさらに症状を加速させることを知っていたので、何とか落ち着こうと、胸一杯に息を吸い、そしてゆっくり吐いた。しかし、何度繰り返しても、症状は治まるどころか勢いを増していく。全身からは、毛穴が一斉に開いたように冷たい汗が吹き出した。背中を流れ始めた汗は、三十六度の体温を保つ自分の体内から発生したとは思えないほど、冷たいものだった。ひんやりとした感触が背中の上から下へと流れ落ち、それと同時に、呼吸が浅く、速く、激しくなった。

それまでの経験で死なないことは分かっていたが、それでも「死ぬかもしれない」という恐怖が徐々に身体の奥から競り上がってくる。

ヒロは、開かない黒いドアを目の前にして、ゆっくりと深呼吸を繰り返しながら、ポケットの中から急いでスマホを取り出した。食い入るように見つめたモニターのなかには、アンテナは一本も立っておらず完全に「圏外」だった。檻の中をうろつく動物のように巨大な広い空間を小走りで走りながら場所を変えてみたが、どこに行っても「圏外」だった。

「どうなっているんだよ！」

スマホをポケットに戻すと、誰もいない空間を、深呼吸を繰り返しながら、歩き回った。

その時、ちょうどほぼ真下に、赤いワンピースを着たユリの姿が見えた。先ほどヒロが足を踏み入れた、立ち入り禁止のロープが張られた階段の上り口あたりに、一人で立ちすくんだまま周囲を見回しているのだ。まだ泣き出してはいないが、今すぐにでも涙が零れ落ちそうな表情をしている。ヒロは、腰をかがめ、呼吸の荒い青ざめた顔を床にこすりつけるようにして叫んだ。

「ユリ！　パパはここだよ！　ユリ！　聞こえるか！」

声が届いている様子はひとつもない。立ち上がって床をドンドン蹴った。何の変化もない。大の字になって床に寝そべって、視覚的に目立つように手足を激しく動かしてみたが、ユリはもちろんのこと、何百人もいる観客のうち誰一人として気づく者はいない。それどころか視線を上げる者さえいないのだ。おそらく上から下は見えるのだが、下から上はマジックミラーのようなただの黒い壁になっているのだろう。

人の流れはユリを避けるようにいつまでも続き、その中でユリだけが取り残されていた。何やら口を動かし始めたユリは、ついに零れ始めた涙とともに何度も同じ言葉を呟いている。その声は聞こえないが、何を言っているのかははっきりと分かった。

「パパ、パパ、パパ」

ヒロは居たたまれなくなって、届かないはずの声を振り絞って叫んだ。

「ここだよ！　パパはここだよ！」

やがてユリは小走りに走り始めた。その歩調に合わせるようにヒロも一緒に走り始めた。どこに向かおうとしているのかは不明だったが、ポタポタと零れ始めた涙の量と比例するようにユリの走る速度は速くなった。まるで守護霊が人間を見守るかのように、ヒロはユリの上をついて回った。

歩行者の足にぶつかり、ユリが激しく倒れた。これまでの不安と恐怖が一気に爆発したように大声で泣き始めると、やっと周りの人たちが手を差し伸べてきた。初老の夫婦が何か尋ねている。抱き起して両手を撫でながら話しかけている。ヒロは救われたような思いで老夫婦に感謝をしながら一部始終を黙って見つめていたが、やがてユリは彼らに連れられて水族館の事務所らしき部屋へと入って行った。

職員がユリを保護してくれたことに一安心したヒロは、今来たルートを猛ダッシュで戻ると、先ほどのドアをもう一度渾身の力を込めて引いたり押したりしてみたが、やはりビクともしない。

振り返ってもう一度空間全体を冷静に見渡してみると、ドアが他にも一か所あった。建物のずっと奥、一番遠いところにあるドアだ。凝視しなければ見落とすほど遠くにあるけれども、位置関係は今ヒロが立っているドアと向き合うような位置にある。その色は白。

ヒロは、脱出の可能性を求めて、その白いドアの前へと走った。ノブに手をかけ思い切り押すと、拍子抜けするほど簡単に開いた。

そこは、階段の踊り場だった。ただ、普通の階段とは様子が違い、下り階段がなく、昇り階段しかないのである。ヒロは、ドアから体半分を恐る恐る出したまま、あたりを窺いながら状況を飲み込もうとしたが、ともかく前に進むしかない。今いるフロアにいてもどうしようもないのだから。ゆっくりと体をドアから外に出すと、踊場に立ってドアノブを手放した。分厚いドアは、腹の底に響き渡るような重い音を残して閉まった。その扉の色は、黒だった。

ノブに手を伸ばして動かそうとしてみたが、引いても押しても動かなかった。やはり鍵穴もなかった。

建物の外壁に開けられた小さく丸い穴からは、日の光がかすかに射し込み、その周辺だけはほんのりと明るかったけれども、踊場を包む空間全体は、不気味に暗かった。コンクリート製の階段の柵から身を乗り出すようにして下を見てみると、今いる階段の下には何もなく、ただ一階の床らしきコンクリートが薄暗く見えているだけだった。

階段を駆け上り、四階の踊り場に出ると、再び白いドアが現れた。

その前に立ってみると、やはり上の五階に続く階段はなく、その階止まりになっていた。ただ、つながりのない上の階を見上げると、その階の踊場だけが下から見え、そこからさらに上の階に向かって階段が伸びている。つまり、上に上って行くには、建物の反対側にもあるであろう、同じような構造の階段を上るしかないのだ。建物の中を移動して反対側にある階段まで進み、一階分を上り、さらに建物の中を移動して反対側にある階段まで進み、さらに一階分を上る。その繰り返し。建物の中を、クネクネとした形状のルートを辿りながら、上っていくわけだ。

目の前の白いドアに手をかけて押すと、すんなりドアは開いた。足を踏み入れたその空間は、一階下のそれと全く同じで、何もない。ただ巨大な空間が広がっているだけで、床はやはり下が見えるガラス製だった。半ば絶望しながら、部屋の中に入ると、ドアは重厚な音をたてて閉まった。その前に立って、覚悟したようにドアノブを回してみたが、やはりビクともしない。ドアの色は、やはり黒だった。

「ここの階段は、上るだけなんだ。戻ることができないんだ」

建物の構造がようやく飲み込めたヒロは、黒いドアを真正面に睨みつけながら、思い切り息を吸い込んで吐き出した。動悸と冷汗が再び始まりそうだった。

「しかも、白いドアは入るだけ。裏側は黒くなっていて、戻ることができない……」

階数を表示したものと思われる数字だけが、ドアに小さく書かれていた。「4」。

眼下の世界に目を凝らした。下の階、つまり三階にいた時よりも明らかに床の透明度は落ちていて、行き来する人々の様子が霞んで見えた。二階フロアの見取り図の記憶が曖昧になることが怖かったヒロは、記憶に追いすがるようにしてユリが連れて行かれた事務所の上のポイントへと走った。彼女は、先ほどと同じ場所に同じ格好をして静かに座っていた。スタッフにもらったのだろうか、袋に入ったお菓子を寂しげに口に運んでいた。背中の小さなリュックに施されている刺繍の鯨の絵は、もはやほとんど見えなくなっていた。

ヒロは服の袖で床のガラスを磨くように擦ってみたが、それ以上の透明度は生まれてこない。目を床にこすり付けるようにして下を覗き込みながら、スタッフの問い掛けに答えている娘の口の動きを見つめていたが、何を話しているのかは分からない。ただ、しきりに「パパ」と言っていることだけはなんとなく分かる。

「一体、どうなってしまったんだろう」

真下にいる娘を見つめながら、ヒロは今、自分がここでこうしていることの理由を考えてみた。

「ドアの故障か？　事故か？　何かの事件か？」

さまざま思いを巡らしても何一つ確かな答えは浮かんでこなかった。

二階には、今もたくさんの家族連れやカップルたちが楽しそうに歩いている。自分もつい一時間ほど前までは、その中の一人だった。それなのに、なぜ今、上の世界から、不安に押しつぶされそうな娘を覗き込んでいなければならないのか？　彼らは、自分たちの頭上の世界で何が起きているのか、何があるのか、想像さえしていないだろう。鯨のショーの馬鹿げた、けれども命の津波のような迫力にスリルを感じ奇声を上げていた、その世界のすぐそばに、無機質で孤独な世界が広がっているとは、誰一人として想像もしていないだろう。

ヒロは、三十二歳。雑誌の編集者だった。半年前に購入したばかりの分譲マンションで、妻と娘と三人で暮らしていた。経済的にはさほどの余裕はなかったが、平穏な家庭生活にはそれなりに満足していた。そんな自分が今なぜ、こんな非常識な事態に陥っているのか、皆目見当がつかなかった。

妻のアキは、今日は幼稚園のママ友と食事の予定だったので、ヒロは娘のユリと二人きりで水族館にやってきたのだが、明日はいつもと変らぬ仕事が待っている。大事な取材も控えている。妻も自宅に帰ってきて、そろそろ夕飯の支度に取り掛かっているのかもしれない。

「帰りてぇ」

ヒロは張り裂けそうな気持ちを抑えて、再びスマホを覗き込んだが、やはり「圏外」には変わりがなかった。

その時、下の事務室に懐かしい妻の姿が現れた。事務所のスタッフが、娘から聞き出して電話番号を調べ、電話をかけてくれたのだろう。それにしても早い。家からここまでは一時間半はゆうにかかるはずなのだ。彼女は、取る物も取り敢えず駆けつけて来たのだろう。

妻のアキは、ユリを抱えあげ、何やら懸命に問いかけていたが、ユリは、長時間堪えていた寂しさと恐怖から開放された安堵感からだろうか、あたり構わず大声で泣き始めた。しばらくすると、警察官も二人やってきた。あちこちに電話をかけた後、常駐のスタッフをひとり残して彼らは全員部屋を出て、ヒロを探し始めた。人ごみをかき分けながらくまなく館内を歩き回り、トイレの一部屋一部屋も丹念に虱潰しに見て回った。ヒロは身に影が添うようにその動きにつきまとい、「こっちだ、こっちだ」と心に念じながら歩いて回った。そしてようやく、ヒロが迷い込む最初のきっかけとなったあの暗い階段の前に差し掛かったのだ。

「そうだ！　そこだよ！　アキ、そこを上って来い！」

妻に届けとばかりに床をドンドン踏み鳴らしながら叫んだ声が確かに届いたかのように、彼らは全員階段を上り始めた。辺りを窺うように一歩一歩足を進め、問題のドアの前に差し掛かったその時、警官がスタッフと何やら言葉を少し交わした後、力強くドアノブに手をかけたのだ。

「そうだ！　よっしゃ、グッと押せ！　引くんじゃないぞ、押すんだぞ！」

ヒロの叫ぶ声に呼応するかのように、警官は全体重をドアにかけて押すのだが、ビクともしない。

「なぜ？　おかしいだろう！　おい、どうなっているんだよ？」

聞こえることのない二階下の彼らに向かって叫ぶ大きな声は、四階のフロアだけに大げさに響き、そこで行き場をなくしてしまう。自分があのドアを押した時は、重いながらも開いたはずじゃないか。

「何があったんだ？　どういうことだ？　今、開かないのが当たり前で、自分が開いたのが何かの間違いだったとでもいうのか！」

自問自答しても答えは見つからない。

同じ動作を三度繰り返した後、警官はドアを力いっぱい引いた。当然開かない。警官は再びスタッフと少し言葉を交わすと、あっさりと向きを変えて階段を降り始めたのだ。ヒロは慌てて飛び上がり、床を踏んづけた。大きな衝撃を必死に与え続けたが、彼らはその存在に気づく様子はまったくなく、再び二階フロアに戻ってしまった。

日が傾いてきた。閉館時間が近づいたらしく、混雑していたフロアは閑散となり、残っていた客も急ぎ足で出口に向かっていた。最後の客がドアを出たことを守衛が確認すると、警官と妻と娘も出口に向かった。

外に出ると、彼らは入り口に停めてあったパトカーに乗り込んでしまった。おそらく何かの手違いで一足先に家に戻っているかもしれないと判断したのだろうか、それとも事件に巻き込まれてしまったと考えたのか。いずれにしても、もうここにはいないと判断したらしく、妻は躊躇することなく車に乗り込んだ。

ヒロは、壁に取り付けられた大きな窓ガラスをどんどん叩いてみたが、分厚い窓ガラス、は振動することさえなく、家族とヒロの間を遮った。ガラス越しに見つめているヒロの視線の先で、ユリはまだ少し泣いていた。

あたり一面を草で覆い尽くされた大地の中をただ一本の舗装道路が走っていて、二人を乗せたパトカーは、サイレンを鳴らしながら、その道を徐々に遠ざかっていった。後部座席では、ユリが何度も後ろを振り返っていたが、その顔は夕陽に照らされて赤く映えていた。周りの草たちも、別れを告げるかのように風に大きく揺れていた。

走り去るパトカーを見送りながら、ヒロは、「おれはここだぞ」と独り言を言うように呟いた。

発作は、気がつくと治まっていた。

闇が全てを覆い尽くしていた。西の窓から見える海の彼方にはいくつかの漁火が闇に浮かんではいたが、それ以外はただ黒い世界に満たされていた。周囲の闇に溶け込んでしまっているヒロの耳朶には、ほぼ完璧な静寂が滑り込んできた。その無音の空間は人間を発狂させうる力を持つことに思いが至った瞬間、ヒロは、闇と静寂を打ち払うように立ち上がり、歩き始めた。

靴底のゴムと床のガラスがたてる高い摩擦力を想起させる「キュッ」という音だけが、自分が今ここにいる証のようであり、ヒロはむやみに巨大な空間の中を歩き回って、その音の感触を味わった。

遠くに明かりが見えた。先ほどの事務所のあたりだ。虫が光に集まるように、その明かりを目指して闇の中を進んで行くと、事務所の中には宿直の男性スタッフがひとり机の椅子に座っていた。

ヒロは彼の真上に立つと、スマホを取り出して、モニターの明かりを下に向けてみた。床のガラスがマジックミラーだとしても、闇の中ならば、明かりがかすかに見えるのではないかと思ったからだ。けれども、スタッフは何も気づくことなく、鼻をほじりながらパソコンに向かっている。

今度は、スマホのライトのスイッチを入れて、光を下に向けてみた。やはり気がつかない。ヒロは立ち上がると、大声を出しながら、何度も高く飛び上がり、床を踏みつけた。しかし、相変わらずスタッフは気づかない。大きな声と落下音が闇に響く中、スマホの明かりだけが闇の中で何度も上下した。

やがてスタッフは、事務室の脇のソファに横になると、毛布をかけて全ての明かりを消してしまった。それと同時にヒロのジャンプと明かりの上下運動も消えた。再び闇と静寂が全てを包み込んだ。

「何にも食ってないな」

闇の中で大げさに呟いてみたヒロの脳裏には、昼間ユリと食ったハンバーガーの味覚が蘇り、舌の付け根から唾液が飛び出した。ウエストバッグからペットボトルを取り出すと、少しだけ水を口に含んだ。これからは、これの水が自分の命を左右するものとなる。この世界からいつ抜け出せるかは予想がつかないが、ペットボトルが空になった時、死へのカウントダウンが始まることは薄々分かっていた。一滴もこぼれぬようにフタをきつく締めると、バッグの中にしっかりと潜り込ませた。

床に座り込んで膝を抱えると、膝のごつごつした、けれども温かな感触がかすかな安堵となった。床の下からはぼんやりとした光が漏れ伝わってきたが、目を凝らして見るとそれは、二階の非常灯の明りだった。ヒロはその真上で寝ることにした。

膝を抱えて丸くなったまま横たわったガラスの床は、冷たく硬く、全てのものを弾き返すような包容力の全くない感触だった。

二日目・四階

朝の眩しい光に目を射られたヒロが顔をしかめて瞼を開けると、そこには、昨日と変わらない無機質な空間が広がっていた。何もない、ただ広いだけの空間。窓の一つもない密封された空間。人の声も風の音も何も届かない、たった一人の、孤独な空間。

昨日の非現実的な出来事は、夢ではなく、現実だったのだ。その認識は、ヒロの全身から絶望的に力を奪い、気力というものをそぎ落とした。

ヒロがノロノロと起き上がろうとしたとき、「シューッ」という音が、耳の中に飛び込んできた。自分の動作以外の音が一切聞こえてこなかっただけに、その音は、驚くほどヒロの耳朶に染み込んだ。

「何だ！」

ヒロの意識は急激に立ち上がり、その場でスクッと体を起こすと、音のした方向をまさぐるように首を動かした。

「シューッ」

耳をパラボラアンテナのようにそばだてて音のした方向に進んでいくと、そこには、周りの壁の色と同化したようなドアがあった。白でも黒でもない、うっかりすると見過ごすようなドアだった。躊躇することなくドアを開けると、べたつくような湿気とかすかな潮の香りが漂っていた。

部屋の大きさは、学校の教室二部屋程度。床は同じくガラス張り。家具などは一切なかったが、部屋の真ん中には、巨大な滑り台のようなものが、上の階から下の階に向けて、斜めに突っ切るように走っていた。幅は五メートルほどもあり、頑丈なコンクリート製だった。その周りには、人の侵入を拒むように、二メートルを超すほどのガラス製の壁が立っていた。

その謎の構造物の正体を見極めるようにヒロが凝視していると、再びシューッという音が静寂を破った。それは、ヒロの今いる空間から生まれているのではなく、随分と離れた空間で生じたものが、ここまで伝わってきたものだと感じられた。だとすれば、それは斜め下に走っている巨大な滑り台の到達する先にある、何か得体の知れない場所からのものであるように思われた。

「鯨だ！　あの鯨の呼吸の音だ」

音の正体がありありと頭の中に浮かんだ瞬間、この建物の構造の一部がヒロの脳のなかに立ち上がってきた。巨大な滑り台の行き着く先には、鯨が泳いでいたあの水槽が広がっているのだ。膨大な量の海水を満々と湛えたあの水槽の中で今、鯨が呼吸をしているのだ。明け方の、まだ観客もスタッフも誰もいない、静寂漂う水の中で、鯨本来の営みを満喫するかのように悠々と泳ぎ回りながら、今水面に上がって息をしているのだ。

ヒロは、空洞の奥から聞こえてくる巨大生物の生命の息吹を愛しむようにその音源に耳をそばだてて、潮の香りを胸いっぱいに吸い込んだ。水の中を悠々と泳ぎまわる鯨の姿を想像すると、ヒロの体の芯からは、生きる意欲と希望が確かに沸き起こってくるのを感じた。

目の前には、滑り台を取り囲むように大きなガラス製の防壁が立っていた。滑り台はすぐ目の前なのに、そこには入れない。ヒロは、財布から十円玉を取り出すと、賽銭を投げ込むように防壁の向こうの滑り台に投げ入れた。コンクリートに弾かれたコインは、大げさな金属音を発しながら転がり落ちたが、遠ざかる音の最後には何も聞こえなかった。

防壁ガラスに向かって両手を伸ばしてみたが、頂上はさらに五十センチメートルほど上にある。しばらく思案した後、ヒロは思いっきりジャンプして手を伸ばしてみたが、壁の淵には届かない。何度も試みた中で二度だけ指先が壁の淵に触れることができたが、ガラスが厚くてしかも淵が丸みを帯びていたために、うまく指がかからず、スルリと滑り落ちてしまった。

外界とつながる唯一のルートを目の前にしながら諦めることはできず、何度も挑戦を重ねてみたが、成功することは一度もなく、打開策も何ひとつ見つからなかった。時間は刻々と過ぎ、挑戦と挫折を繰り返すうちに、下からは、鯨の音とは異なるざわめきのような音が漏れ伝わってきた。時計を見ると、すでに午後一時五十分。鯨のショーが始まる直前だった。そのざわめきは、巨大な会場に詰めかけたのんきな、そして下劣な趣味を持つ人間たちのざわめきだった。

ヒロにとってその情景は、昨日、体験したものだったにもかかわらず、もう何年も昔の遠い記憶のように色褪せて、しかも別世界のような違和感さえ覚えていた。ヒロは、その遠い世界に向かって、自らの存在を知らしめるために、ありったけの力を振り絞って叫んだ。

「おーい!」

何度も繰り返したが、その声は、外の世界に零れ落ちた瞬間に大きな歓声で打ち消されているのだろうか、何の状況の変化も生まれてこないようだった。

疲れ果てて、滑り台をぼんやり眺めていると、滑り台を流れ落ちる水量が急激に増加し始めた。やがて、激流のように流れ始めると、凄まじい轟音が肥大化しながら近づいてきた。驚いて後ずさりしたその瞬間、巨大な黒い塊が滑り降りてきたかと思うと、滝の水が炸裂するような音と黒板に爪を立てるような不気味な音が響き渡り、部屋中の空気を循環させるような強い風が巻き起こった。

体を硬直させながら見つめたヒロの目の前に、そいつは、圧倒的な存在感を爆発させせながら、登場した。無機質で冷たいこのガラスの建物とは対極にある生命感に満ち溢れたそれは、体中を巡る熱い血液の流れのように空間を潤しながら、そして熱しながら、滑り落ちて来たのだ。

その時、鯨の頭部にポツンとついている黒い小さな瞳と、ヒロの視線がピタリと合った。その瞬間的な出来事は、ビデオのコマ送りのようにゆっくりと流れ、そいつはヒロの心の奥までじっと見透かすような不思議な視線を投げかけてきた。ヒロの今置かれている立場、孤独な状況、そこから生まれている恐怖や焦りを、瞬時に見透かしたかのような視線だった。しかし、そこには、ヒロに対する哀れみは何もなければ、同情もなかった。ただ、あるがままに、ヒロのすべてを見つめていたような視線だった。

ヒロは、身動きが取れず、体が硬直した。

鯨は、あっという間に通り過ぎた。

一呼吸置いて、ドーンという大きな水音が遠くから響いてきた。

ヒロは、呆然と立ち尽くしていた。溢れる生命の息吹と、圧倒的な存在感。そして、それが過ぎ去ったあとに残された空虚な静けさのなかで、ヒロは今、目の前で起きた出来事を反芻してみた。

あの鯨は、どこかの海で捉えられ、この巨大な水族館に運び込まれてきたのだろう。自由に泳ぎ回っていた無限に広がる海とは対照的に、コンクリートとガラスで作られた制限のある空間は、狭く、息苦しく、孤独であるに違いない。しかも、お披露目の時間が来れば、何かの機械で上の階まで運ばれて、巨大な滑り台に落とされる。行き着く先は、いつもの水槽だ。いわば、彼は、囚われの身だ。まるでおもちゃだ。人間の欲望のために、自由が剥奪され、見世物にされてしまった孤独で哀れな存在だ。

だがしかし、その存在は、囚われの身であってもなお、圧倒的な存在感を持っていた。エネルギーに満ち溢れた、生命の塊だった。それはまるで、この建物の主のようだった。鯨の生命が消滅すれば、水族館に展示されているすべての生命体が同時に消滅するかのような根源的な存在。ヒロには、そんな気がしてならなかったのだ。

ガラスの壁を呆けたように見つめながら、先ほどの鯨の視線をありありと思い出していると、ヒロ自身のずっと奥底に眠っている何かが目を覚ましたような気がした。それは、「必ず生還してみせる。生き抜いてみせる」という、強烈な、そしてほとばしるような意志のようなものだった。

ヒロは、迷いを振り切るようにしてスッと立ち上がると、その部屋を出た。外には、代わり映えのしない巨大な空間が広がっていた。再び、ずっと先にある白いドアの前まで進むと、ドアに手をかけてゆっくり押した。そこには、上にだけ続く薄暗い踊場が広がり、体を捩るようにして見た裏側のドアは予想通りに黒だった。

「出れば、戻れない。上に行くしかない」

心の中で再確認するかのように呟きながら、ドアの外に出たまま、しばらくノブを手放すことができなかった。

「確かにこの階にいても出口はない。出口はないけど、上の階に行けば何か手立てがあるのか？」

五階まで行ってしまえば、おそらく二階は完全に見えなくなるだろう。スタッフの姿も非常灯の明かりも見えなくなる。本当にたった一人になるのだ。そう思った瞬間、ヒロは震えるようにしてドアの中に身を捩って戻った。

どうすることもできないまま立ち尽くして白いドアを見つめ続けていたが、今日もまた夕陽の赤が西の窓ガラスから部屋の中に染み渡ってきた。焦りと恐怖が再び湧き上がってきた時、未来という時に賭けてみようと思った。

「進むしかないじゃないか。戻れないのだから」

再び白いドアを押して外に出て、今世の別れを惜しむような気持ちで手放した黒いドアは、腹に響く低い音を残して、きっちり閉まった。

ドアが開かないことを確認すると、ヒロは、過去を切り捨てるように薄暗い階段を駆け上り、白いドアに手をかけ、押した。開いたドアの向こうには、同じ空間がただ広がっていた。ガラスの床の上に立ってゆっくりと下界を見てみると、多くの人が行き交っているはずのフロアはまったく見えず、ただ分厚いガラスが折り重なって生まれた青黒い色が広がっているだけだった。

脱出のきっかけになるものが何かきっとあると考えながら、重箱の隅をつつくような眼差しで五階のフロアを丹念に調べながら歩いた。開きそうな窓はないか、仮に開かなくても割れそうな窓はないか、脱いだ靴を手にぶら下げて、靴のかかとで手当たり次第に窓を叩きながら歩いて回った。隙は一分もなかった。完璧に外界からシャットアウトされた空間がただ広がっていた。

しかも、五階には、四階にはあった鯨の通り道となる空間のドアがない。一つ減ってしまったそのドアの在り処を求めて、二度、フロア中を歩き回ったけれども、やはりどこにもなかった。あのドアこそは、外とつながる唯一の空間だった。命の絆とも呼ぶべき空間が消滅した。

「もう戻れないんだ」

下界とつながるあの部屋で、爪が剥がれ落ちようとも必死になって壁をよじ登ればよかったとか、喉が張り裂けるまで叫び続ければよかったとか、いくら後悔しても過去は変わらない。むしろ、後悔というものは、生きる力を奪う。ヒロは、後悔と焦りを振り切るように、四階までのことは、もう一切考えないことに決めた。

「どうするか?」

上へ行くしかない。上へ上へ、どこまでも上り、生存の道がないか、それぞれの階を虱潰しに調べ上げながら、新たな未来を探すのだ。

「上へ行こう！」

自らを鼓舞するように呟くと、ヒロは巨大な空間をじっと見回した。

夕陽の赤が色を増している。今日一日に残されている時間は少ない。何階まで行けるかは分からなかったが、一階一階調べあげながら上階に上って行くことにした。

五階には何もなかった。白いドアを押して外の階段に出て、六階の白いドアを押した。そこにも何もなかった。さらにドアを押して出て、七階の白いドアを押した。何もなかった。八階にも九階にも何もなかった。

それぞれの部屋は恐ろしく広いので、調べ尽くすにも相当の時間がかかる。もし簡単に見渡すだけで次の階へと進むことができれば、時間的にも体力的にも楽には違いなかったが、万一、その階だけに、秘密の何かが、助かる何かが隠されているとも限らない。そもそもこうなる事態のきっかけさえ、偶然と思えるたった一つのドアから始まったのだから。そして、一度上の階に進んだら、もう二度と下の階へは戻れないのだから。

たった一つの希望は、上階だった。次の階には「何かがあるかもしれない」、それがダメでも「次こそ何かあるかもしれない」と信じ続けるその気持ちだけが、ヒロの支えとなっていた。下には戻れない、しかし上には行けるのだ。時間を逆戻りすることはできないけれども、未来に向かって進むことはできるのだ。上へ上へ、もっと上へ、それだけが、希望だった。

二〇階まで上った。空間はほとんど闇に包まれて、もはや今日はここまでだ。閉じ込められて二回目の夜を迎えた。

疲れ果てた。空腹だった。何よりも喉が渇いた。ペットボトルの水は半分を切っていた。体から水分が無駄に流れ出るのは耐え難く、小便を飲む人の気持ちが分かるようだった。実際、もうそうしようとさえ考え始めていた。だが、それだけの勇気は出ず、やむをえずペットボトルを口に運んだ。ほんの一口、水を口に含むと愛おしむように喉に流し込んだ。安堵したヒロはすぐに眠りに落ちた。

三日目・二〇階

目が覚めると体の節々が痛く、地の底に沈んでいくように体が重かった。体力の消耗が激しいことを認めざるをえなかった。空腹はもちろんだが、喉の渇きは限界に近づきつつある。ペットボトルの残りの水も、おそらく今日一日で底をつくだろう。極度の水制限で、ガラスの床に放尿する量も、日毎に減少していた。否、それ以上に、放尿すること自体が体の水分を失う恐怖のように感じられる、その感覚自体が危険だと感じていた。

「急がなくては」

ヒロは、窓から射し込んでくる朝日の眩しさに叱咤されるようにして体を起すと、歩き始めた。

階段を上るだけならまだしも、巨大空間をくまなく調べあげながら歩き続けることが一番きつかった。できることなら、ドアからドアへと一直線に歩いて階段を上りたかったが、大事な何かを見落とすことにでもなれば、取り返しがつかないのだ。そもそも、この建物に迷い込んでしまったのも、たった一つのあのドアを開けてしまったからなのだから。ヒロは諦めたようにフロア中を歩き回って、建物のガラスの壁を、手で持った靴でバンバン叩きながら、上の階へ、上の階へと上って行った。

巨大空間に聞こえるのは、ヒロの息遣いと、ガラスの壁を叩く音だけだ。

バンバンバン！　バンバンバン！

苛立ったような激しい音が何度も響き渡る。どんなに叩いても、ビクともしない、そして何の変化も生じないその強靭なガラスを叩き続けていると、それが、幼少期からよく見た夢の正夢のような気がして、ますます苛立った。

ドアを開けて中に足を踏み入れると、ドアが突然閉まった。ドアを開けようともがいてみるが、ビクともしない。誰もいない孤独な部屋。

やがてその空間は、四角い部屋から黒い球体に形を変えながら縮小を始める。上下左右、球体自体がどんどん小さくなっていく。両腕と両足を伸ばして、必死に球体の縮小を食い止めようと踏ん張るが、効き目は少しもなく、どんどん縮まる。球体の壁は、ゴム製のようだったが弾力性はほとんどない。縮小していくにつれて、強い力でヒロの体を圧迫し始める。

ヒロは、膝を抱えてうずくまる。それでも球体は縮小を続ける。頭も背中も脚も圧迫され、押しつぶされそうになる。冷たいゴムの感触が体中にへばりつくと、ギュッギュッという不気味な音が聞こえてくる。

ギュッギュッ、ギュッギュッ。

「狭い。苦しい」

ギュッギュッ、ギュッギュッ。

縮小する勢いは、少しの遠慮もない。一定のスピードで確実に空間を狭めていく。ヒロの姿は、まるで真空パックされた肉の塊のようだった。息を吸おうと、懸命に胸を動かそうとするのだが、吸うべき空気はほとんどなく、体も動かない。ただ微かに胸がヒクヒクと動くだけだった。

そこでいつも、ヒロは不気味な唸り声をあげて目を覚ます。大きく息を吸い込んで、額に脂汗をかいて、やっと我に返る。夢から覚めた後のその苦しさや閉塞感や寂しさは、その日一日中、ヒロの胸にベッタリと貼りついて離れない。

ガラスを叩き続けることに疲れ床にへたり込んだヒロは、窓の外を見た。額の汗をぬぐいながら大きく息を吐き出すと、この建物の中に閉じ込められた自分の状況を、あらためて思い知らされた。誰もいない、閉ざされた空間。泣こうが喚こうが、発作が起きようが、誰も気づかない。

窓の外に見える空には、今日も雲ひとつなかった。遠い海には、西日が差し始めていた。キラキラと輝く波の光は、眩しい白い光から、やや赤みを帯びた柔らかな光に変化し始めていた。

「ユリは元気だろうか。アキはどうしているだろうか」

ヒロは、あの日、ユリとアキを乗せたパトカーが、夕陽が照る草原の一本道を、遠く走り去っていく光景を思い出していた。ヒロを残して、そしてヒロがいることさえ気づかずに、遠く小さくなっていった車。

ヒロは、立ち上がった。そして、再び、階段を上り始めた。

「必ず、二人のもとに帰ってみせる」

空腹と疲労で階段の一段分を上ることが難儀だったが、一歩一歩上っていった先に、二人との再会が待っていると信じながら、歩みを進めた。薄暗い階段を全身の力を下半身に集めながら、ただ足元を見つめながら進んでいった。「ユリ、ユリ」と、うわ言のように呟きながら、足を上に運んだ。右足左足、三〇階、左足右足、五〇階、右足左足、七〇階……。気が遠くなるような行程を踏破するために、ただ目の前の一歩一歩に集中し、上へ上へと上って行った。

西日が射し込み始めた頃、疲れて床に座り込んだ。ペットボトルを取り出すと、覚悟を決めたようにそこに残った水を喉に流し込んだ。食道を通過する様子が分かる。胃袋に落ちた感触も分かる。最後の命の源を体に収めた喜びと、ペットボトルの軽さに絶望を感じながら、倒れるように体を横たえた。

四日目・八〇階

太陽がだいぶ高くなった頃、重い意識を押しのけるように瞳を開いたが、目の前には昨日までと同じ光景が広がっていた。横になったまま溜め息をつき、再び目を閉じかけようとしたとき、残り時間の少なさが恐怖となって押し寄せて、呻くようにして起き上った。

ヨタヨタと歩き始め、白いドアに体重をかけながらグッと押す。うす暗い踊り場に出ると、両ひざを手で押し込みながら、一歩一歩階段を上った。九〇階、一〇〇階、一一〇階。

階段を上るだけならまだしも、巨大な空間を丹念に調べあげながら歩き続けるのは、もう嫌だった。

のろのろと歩き続けていたヒロは、下半身に違和感を覚えた。ズボンを下ろし、突起物をペットボトルの口に添えて力を抜くと、オレンジの尿がジュボジュボと落ちた。それはあっけなく終わり、ボトルの底から一センチ程度しか溜まらなかった。

体の水分を捨てることなく確保したことに安堵しながら、ペットボトルの底を触ってみると、生温かさがじんわりと伝わってきた。それは、自分がまだ生きていることの証でもあった。

日が傾きかけてきた時、空には黒い雲が急速に広がり、日は陰り、遠く眼下に見える白い波頭も大きくなってきた。ヒロは歩くのを止め、外の変化をじっと見つめていた。この建物の中に迷い込んでから連日、雲ひとつない秋晴れの日が続いていたが、この天気の急変は、ヒロの心に希望を灯した。

そして、とうとう雨が降ってきた。それも大粒の雨だ。風にあおられてカーテンの波のようになって落下してくるそれは、バチバチと窓ガラスを叩いた。けれども、我に返ったように当たり前のことに気がついたのだが、ヒロは、目の前を落下する雨水の一滴にさえ触れることができなかったのだ。

期待は絶望に変わった。目の前を流れ落ちていく大量の水滴を凝視しながらヒロは突然、拳をガラスに突き立てた。激痛が肩まで走ったが、構わず二度三度と繰り返した。

「水！　水！　水！」

分厚い窓ガラスを突き破って、両腕を外に差し出して、ありったけの叫び声をあげながら、この降り注ぐ雨を両手で受け止めたかった。そして、それらをゴクゴクと獣のように喉に流し込みたかった。

やがて、空は明るさを取り戻し、雨は消えた。

ヒロは、ガラスの床にへたり込んだまま、ペットボトルを取り出してキャップを開けると、黄色い液体を躊躇することなく口の中に流し込んだ。少ししょっぱくて苦かった。アンモニアの臭いが鼻に抜けた時、嘔吐しそうになったが、腹の中に押し込めるように我慢した。

ヒロは、腰をおろしたまま、窓にへばりつく水滴を黙って見ていた。陽の光に照らされ風に揺られてキラキラと輝いていた。美しい光の乱反射に手を触れたくても触れられない今の自分に思いが至ったとき、激しい怒りが込み上げてきた。

「どうして、窓がないんだよ！」

ひとり、大声で叫んではみたものの、答えてくれる者は誰もいない。

「どうせ死ぬんだったら、外で死なせてくれよ！」

ヒロは、何もかも放り投げるように横になると、大の字になって嗚咽した。

外には、きっと風が吹いている。冷たく気持ちいい風に違いない。潮の香りがするかもしれない。鳥のさえずりさえ聞こえるかもしれない。

それに引き換え、窓のないこの巨大な建造物は、完全に外界から遮断されている。窓を失い、外界との相互関係を放棄し、圧倒的に孤立している。風も吹かなければ、風の音さえ聞こえない。雨も降りこまなければ、潮の香りも届かない。

そこにあるのは、自分、自分だけ。

自分だけの世界で満たされていた。

閉ざされて、苦しくて、孤独な、世界だった。

五日目・一五〇階

激しい喉の渇きと眩しい朝の光で目が覚めたヒロは、ふらつきながら起き上がった。フロア中を見て回り、薄暗い踊り場の階段を上り、再び白いドアの前に立つと、そこには「一五〇」という階数が書かれてあった。

ドアを押し開けて、変り映えのしない巨大空間に足を踏み入れると、それまでとは違う空気の匂いに気がついた。足を止め、周りを見回しながら深く息を吸い込むと、その違いは確信となった。

「海の匂いだ！」

ヒロは、誰もいない巨大空間に向かって、勝利宣言するように大きな声で叫んだ。

「出口があるぞ。どこだ、どこだ」

自らを急かすように独り言をつぶやきながら歩き回ったが、特別な変化は見当たらない。

ヒロは、高鳴る鼓動を鎮めるように立ち止り、目を閉じて、すべての神経を耳に集めた。確かに聴こえる。それは、この閉ざされた密封空間の中では絶対に耳にすることができないはずの風の音だった。ゴーゴーと風を切る音が、遠くからかすかに聴こえてきたのだ。

再び目を閉じ、音源の位置を探った。突然目を見開くと、迷うことなくすばやく歩き始めた。そこは、西側の窓だった。一面ガラス張りの壁のなかにただ一つ窓がついていて、それが開いていたのだ。ヒロは走った。

それは、外側に開くタイプのすべり出し窓だった。横は五十センチ、縦は一メートルほどありそうだった。そこになぜ、そんな窓が存在するのか考えるよりも先に、ヒロは窓から顔を突き出した。風が頬を撫でていく。空気が冷たい。大きく息を吸い込んだ。淀みのないクリアな、そして潮の匂いをはらんだ生きた空気が、肺胞の一つ一つに沁みわたった。建物のなかの死んだような空気とは、全く別物だった。

耳を澄ますと、風の音だけではなく、そこには無数の生命が感じられた。生物も無生物も含めて、この世に存在するありとあらゆるものが音を発しているように感じられた。「生きているぞ」と、心のなかで呟きながら、眼下を見下ろすと、地上は遥か彼方にあった。岩場に砕ける白い波も、草木も、すべて異空間のもののように遠く、小さかった。

ふと現実に戻った。

「ここからどうする……？」

窓から顔を突き出して、建物の上下左右をくまなく凝視してみたが、足を乗せられるような出っ張りはなにもなく、ただ平らな壁が遥か彼方の地上まで続いているだけなのだ。生還するヒントが何も見当たらない。息を吹き返したような先ほどまでの高揚感は、空気が漏れるように急速に萎んだ。

窓から首を突き出して、「おーい」と大声を出してみた。西側に広がるのは海と空だけで、人の姿は何もない。船も見えなければ、今日は鳥さえ飛んでいない。誰もいない青い世界に向かって叫んだその声は、激しい風の音にすぐにかき消された。

希望がしぼんでいくと同時に、喉の渇きが再び襲ってきた。口の中はもちろん、喉も鼻も気管支も食道もカラッカラに乾き切っていた。唾を飲み込みたくても、唾液が出てこないどころか、頬の内側の粘膜が歯にからみついて痛い。

小便を飲もうと、チャックを下ろしてペットボトルの口に添えてじっとその時を待ってみたが、何も感じない。出てこない。体中から水分が抜けきったように感じられた。何度も大きく息を吸い込んで、新鮮な風の中から水分を吸い取ろうとしたが、鼻の中はさらに乾燥するだけだった。

どうすることもできずに、床の上にへたり込んだヒロは、再び雨が降るのを待つことにした。いつ降りだすのか知る由もなかったが、やっと見つけた、外の生きた世界とつながるこの場所で、雨を待つしか生き延びる道はないように思えた。もし、このまま雨が降らなければ、それはそれで死ぬしかない。それが寿命というものだ。むしろ、右往左往して苦しむよりも、ただ雨という天の恵みの有無だけに自分の命運をかけるほうがずっと賢いし、心安らかに残りの時間を生きられるような気がしたからだ。

「雨が降らない限り、もう階段は上らない。上へはいかない」

そう決めると、ヒロは体を横たえた。

六日目・一九〇階

朦朧とした意識のなかに、パタパタという音が聞こえてきた。体を横たえたまま薄眼をあけると、外には夜明け前の濃い青が広がっていた。

目を覚ますにはまだ早い。とにかく眠い。体がだるい。意識が立ちあがって来ず、現実に戻る気力も生まれない。再び眠りに落ちようとしたとき、再びパタパタという音が響いてきた。聴覚が急速に立ち上がり、閉じかけた瞼を見開いてみると、窓ガラスにへばりついた水滴がいくつも見えた。それは待ち望んだものだった。

「雨だ！」

ヒロは、重い体を起こして、フラフラと西側の窓へと向かった。昨日見つけた窓。なぜそこに存在しているのか意味不明な、そして、「雨が降り出すまで上るのを止める」と決意した窓。運を天に任せて一夜を明かしたその翌朝に、まさに命の水が天から降ってきたのだ。運はまだ残されていた。

死にかけた動物が生存への執着を突然思い出したように、ヒロは唸り声にも似た声を腹の底から絞り出すと、窓から両手をグッと外に差し出した。冷たい感触が手のひらに広がって、それは、腕から脳髄へと一気に伝わった。

雨が手のひらに少しずつ溜まる。もう少し、もう少し、口に運ぶにはもう少し。震え出した手を押さえるように我慢した数秒後、両手を口の前に引き寄せた。ヒロは、濡れた両手を犬のように激しく舐めた。渇き切った口の中がわずかに湿った。けれども、喉の奥へと流し込むほどではなかった。

すぐさま両手を再び外に差し出した。口が、喉が、一度知ってしまった至極の快感を再び求めて両手の水を催促するのだが、雨はすぐには溜まらない。もうちょっと、もう少し。震える両手を押えこむようにして、天からの恵みを受けとめ続けた。再び両手を口の前に引き寄せると、冷たい水がわずかながら喉の奥へと流れていき、ゆっくりと食道から胃袋へと落ちた。水の落下スピードもそのルートさえも分かるようだった。

ポツポツと降り出した雨は、徐々に勢いを増し、やがてバチバチという激しい音に変わった。同時に、窓の外から中へと吹き込んだ雨が、透明なガラスの床に水溜りを作り始め、それは徐々に広がり、あたり一帯を水浸しにした。

ヒロは両手を口元に付けたまま、身を乗り出すように上半身を窓の外へと出した。激しく落下する雨が、手のひらを伝って口の中へと直接流れ込む。歓喜と興奮ではちきれそうな全身は、ただそれだけに集中するかのように必死で雨に向かっていった。

「うめえ！」

こんなにうまいものを口にしたことはなかった。体が嬉しくて仕方がないと叫んでいた。ヒロの両眼は濡れていた。それが雨なのか涙なのかは、もはや分からなかった。

やがて、雨の勢いは次第に収まって、空は徐々に明るさを取り戻した。雲の切れ間から青空が見え始めると、ガラスの床の水溜りには青空が映り込んでいた。ヒロは、四つん這いになると、顔を床に近づけ、口をすぼめ、「ズズズッ」と派手な音を立てながら雨水を吸い込んだ。吸い込むことができなくなると、今度は一滴も残すまいと、まるで犬のように床をなめ回した。


その日は、夕方まで横になったままひたすら眠り続けた。もちろん水は十分ではなかったが、激しい渇きは、わずかながらも確かに満たされた。

太陽が傾き始めた頃、再び階段を上り始めたが、頭が痛い。上る気力も湧いてこない。しかし、それでも、命はわずかながらつながれた。上に行くしかない。上に行かなければ未来はないのだ。下には戻れないけれども、上には上れる。可能性というものがある以上、家族のもとを目指す。生きて帰って、アキとユリを抱きしめる。

一九一階、一九二階、一九三階、一九四階、一九五階。ふらつきながら、激しい頭痛と戦いながら、薄暗い階段の一歩一歩を上っていった。もう、それぞれのフロアを虱潰しに観察して回る余裕はなかった。サッと見回して異常がなければ、建物の対面まで歩みを進めて、そのまま階段を上っていった。それでもきつい。足がふらつく。そのまま横になりたかったが、上り続ける先に、家族との再会への道が開かれていると信じながら、上り続けた。

二一〇階。わずか二〇階ほどしか上れなかったが、暗闇があたりを支配する前に、ヒロは体を横たえた。すぐに、意識は遠のいた。

七日目・二一〇階

目が覚めた。

空はやけに澄んでいて、雲ひとつなかった。眩しい朝日が窓越しに射し込んで、辺り一帯がキラキラと輝いていた。

ヒロは体を起こそうとしたが、体が重くて起き上がれない。昨日、待望の雨水を飲んだのだから、体力の回復があるものと期待していたが、その実感はあまりなかった。やたらと眠いし、思考スピードがひどく落ちている。

ズブズブと床に体がめり込んでいくような感覚を持て余しながら、起き上がれるだけの体力と気力をじっと待ち望むかのように寝そべっていると、突然、体がグラリと揺れた。

「地震だ」

起き上がることなくそのまま横になっていたが、揺れは収まるどころか、徐々に激しさを増し、ヒロの体は左右に転がりそうになり始めた。慌てて起き上がろうとした瞬間、さらに大きな揺れが襲った。ふらついた体は倒されて、ヒロはそのまま四つん這いになった。何しろここは超高層階なのだ。地上の揺れを増幅するかのような大きな揺れ幅をもって揺れるのだ。

地鳴りのようなゴーッという音が聞こえてきた。腹の底を震わすような音だった。

揺れはさらに激しさを増し、四つん這いでいることさえもできなくなり、ヒロの体は芋が転がるようにゴロゴロと転がり始めた。その揺れ幅は大きく、グオーン、グワーンと不気味な音をたてながら、激しく揺れ続けた。

窓際から逃れるため、匍匐前進で建物の中央部へ進もうとしたが、それもままならない。転がらないように、ガラスの床に両手の掌を蛙のようにへばりつけ、両足の指先を思い切り上に反り返してゴム製の靴裏が床に接地するように踏ん張った。少しでも手足の力を緩めれば、一気に体が転がり、壁や柱にピンボールのようにぶつかり続けることが見えていた。まるで遊園地の趣味の悪い遊具で弄ばれているようだった。

全身の筋肉が悲鳴をあげ始めても揺れは収まらなかった。腕や足がワナワナと震え始めた頃、ようやく少しずつ揺れが収まった。

動きが止まると、辺り一帯が不思議な静寂に包まれた。もともと何の音も生まれてこない冷たい空間だったが、静けさの純度はさらに増し、五感が異常に冴えわたった。

ヒロはゆっくりと立ち上がった。そして足早に、海側とは逆の東側の窓へと向かった。広大な草原の先、はるか遠くに、帯状の街が見えた。

ヒロは、突っ立ったまま、その街を凝視した。遠距離ゆえにその存在が確認できたのは大きなビル群だけだったが、見えたのはその輪郭だけで、損傷の有無などはまったく分からない。ヒロの家族が暮らす街は、今、肉眼で見える街のはるか彼方にあるはずなので、その様子を窺い知ることは不可能だったが、アキとユリがパニックに陥っていることは、間違いない。

「マンションは大丈夫だろうか。倒壊などしていないだろうか。火災は起きていないか。倒れた家具の下敷きになってはいないだろうか」

泣き叫ぶユリとアキの声が聞こえてきそうだったけれども、何もできない。この巨大な建物の囚われの身となっている自分は、家族を守るべき一大時のこの時にでさえ、何もできずに突っ立ったまま、茫然と天空から街を見下ろしているのだ。

ヒロは、窓ガラスをドンドン叩いた。今まで何度、叩いてきたことだろう。ビクともしない、何の返事もしない、この強固な建物に何度も挑んできたが、答えはいつも同じだった。それでも叩いた。叩かざるをえなかった。

やがて、遥か彼方の街の一角から黒い煙が立ちのぼり始めた。それはやがて二つ、三つと増加して、次第に大きくなり、秋の澄み切った青空を汚し始めた。

「逃げろ！」

ヒロの叫び声は、建物の中に大きく響き渡ったにもかかわらず、外界からは何の音も伝わってこなかった。家族の叫び声も、人々の泣き声も、サイレンの音も車のクラクションも、ヘリの音もガスの爆発音も、何もここには聞こえてこなかった。ただ、静かだった。ヒロは両手を合わし、頭を垂れ、二人の無事を祈った。言葉は届かないけれども、強い思いは届くと信じたかった。

呆然としたまま小一時間が過ぎたころ、街の方から海側へと飛んで行く自衛隊のヘリが見えた。ハッとしたヒロは、海が見える西側へと走り、眼下を見下ろして、驚いた。いつもは岩に砕けた白波が揺れる岸壁に、波がないのだ。海底と思われる黒々とした砂地と岩が広がっているだけ。それが数百メートル沖まで続いていた。

引き潮だった。普段は見ることのできない海底が、知ってはいけない秘密が暴かれるように曝け出されていた。海鳥たちが激しく飛び回り、けたたましい鳴き声が聞こえてくるようだった。

やがて、あらわになった海底が再び隠れ始め、遠くに見えたはずの海が少しずつ近づいてきた。それは真っ黒い異様な色だった。もはや正常な海ではなかった。

ヒロは、叫ぶこともなく、じっと黒い海を凝視した。海岸線の左右に突き出た半島の先を確認すると、間違いなく水位が上昇していた。そして、それはやがて激しい流れとなって、半島に生い茂った木々を押し倒し始めた。水中に消えていくもの、水圧や流木の圧に負けて倒れるもの、ありとあらゆるものに逃れる術がなかった。

ヒロは、海側の窓から離れて、北側の窓へと走り、遠くを凝視した。あまりにも遠すぎて何が起きているか判別が難しかったが、これまで何度も見てきた陸と海の境目が、太陽の光をキラキラと乱反射させながら、平行移動するように内陸の方へと進んでいたのだ。慌てて、南側の窓へと走った。同じだった。陸と海の境目が平行移動しながら東に向かって進んでいた。

最後に、東の窓へと走った。南北左右からはさみこむように前進を続けている津波は、ゆっくりと、そして着実に、都市部に向かっていた。

「あーあ」

ヒロは、子どもが嘆くような間抜けな声しか出せず、口を開けたままじっと遠くを見つめていた。

静けさだけが支配するこの巨大空間にも、人々の叫び声がこだましているような気がした。車のぶつかりあう鈍い音。流される家のきしむ音。溺れる人のうめき声。子どもの泣き声、子どもを探す大人の叫び声。

ヒロは、全身から力が抜け、床にへたり込んだ。祈る力さえ出て来ない。ただ黙って、遥か彼方で起きている、現実世界の崩壊を見つめていた。

八日目・二一〇階

ヒロは、昨日と変わらず、二一〇階にいた。

もう上へ上る気力はなかった。

ヒロは、昨日のことを考えた。外の世界の崩壊を目の前にしながら、あの時、自分はいったい何をしていたのだろうか。叫び、怒鳴り、ガラス窓を殴るだけ。たったそれだけしか、浮かんでこない。妻や娘が助けを求めて叫んでいただろう時に、自分はこの誰もいない孤独な空間で、外に出ることもできずに、叫んで、もがいていただけなのだ。それは、無能を通り越して、滑稽だった。

静かな普通の日常を送っていたころ、ヒロは、自宅のソファに仰向けに横たわり、そのお腹の上にユリを乗せるのが好きだった。ヒロのお腹の上でユリが笑いながら手足をばたつかせるときの、ユリの体の重さが好きだった。その重さは、初めて知った他人の命の重さのような気がしたからだ。

その小さなユリを包み込むように抱きしめると、不思議な感覚がした。自分自身の欠損部分を、彼女がそっくりそのまままきれいに埋めてしまうような感覚がしたからだ。人はみな何かしらの欠損を抱えながら生きている。その穴を埋めるように、夢を見て人を求める。しかし、それらは、ほとんどの場合、いつかは終わるし物足りなくなる。完全無欠の穴埋めなんてありえないと思っていたのだが、ユリを抱きしめたときの感覚は、完全無欠だった。

そうした穏やか日々の積み重ねの中で、ヒロには一つ変化が生まれた。それは、夜中に目を覚ますことが少なくなったのだ。以前は、黒いゴム状の球体が縮小していく夢をみた夜は、突然、唸り声をあげて布団から飛び起きることがたびたびあったのだが、ユリが二歳を過ぎたころにはほとんど見ることがなくなっていた。

そんなことを思い出していると、ヒロは、もう、どうでもいいような気がしてきた。生きていても意味がないと思った。

これまで、外の世界に抜け出る道を求めて、助かる方途を探して、誰もいない孤独な空間をひたすら上へ上へと歩み続けてきたが、それは、自分の欠損部分を埋めてくれた者たちがいたからだ。それが消失したかもしれない今、もはや上へ上へと歩み続ける力は、出てこない。そもそも、あの崩壊した世界に戻ったところで、いったい何がある。孤独しかない。

「ひとりは、嫌だ」

ヒロは、あの巨大な揺れでもヒビさえ入っていない壁のガラスを凝視しながら、この建造物を憎悪した。外の世界が崩壊しても、何事もなかったかのように屹立している化け物。そして外界から完全に遮断された閉ざされた空間。

もし、今、目の前に小さな窓がひとつでもあれば、ヒロは、躊躇なく、そこから身を投げ出していただろう。雨を待つようなことは、もう二度としないだろう。だけれども、そんな窓さえもうないのだ。死にたくても死なせてくれない、閉ざされた、孤独な空間。

そこにあるのは、自分だけ。

自分だけの世界で満たされていた。

閉ざされて、苦しくて、孤独な、世界だった。


空には、一羽のタカが飛んでいた。ヒロの目線よりも上を飛んでいる。風をつかんだようで、羽ばたき一つせず、空を舞っている。下界で起きている悲しみも恐怖も、まるで我関せず、というふうに悠々と飛んでいた。

ヒロは、その様子をずっと目で追っていた。それはまるで自由で、美しかった。けれども、ひどく寂しく見えた。こんな崩れ去った現実の中で、仲間とたわむれることもなく、たったひとりで風をつかみ、行き先を探し、空を舞っているのだ。

その夜は、分厚い雲のせいで空には星も月も浮かんでいなかった。遠い彼方にあるはずの街の明りさえひとつもなかった。真の闇だった。誰の声も聞こえない。風の音も聞こえない。物音ひとつしない闇の中に横たわったヒロの呼吸音だけが微かに響いていた。

まるで宇宙空間だった。誰もいない。何もない。声も音もしない。何かをつかもうと腕を伸ばすが、何にも触れない。歩こうと思って足を動かしてもどこへも行けない、そんな宇宙空間。ただ自分が独り、そこにいるだけだった。その独りの時間と空間は、未来永劫にどこまでも続くかのように思われた。

その日の夜、ヒロは久しぶりにあの夢を見た。丸い黒い球体の中に閉じ込められ、それがどんどん縮小していく夢だ。息が苦しくなって、残された空気を懸命に胸にかき集めようと息を吸い込むが、吸い込めない。

唸り声をあげて目を覚ますと、そこには夢と同質の闇が広がっていた。そして、そこに、ヒロがただ独り、膝を抱えて横たわっていた。背中が冷たい。死ぬのが怖い。本当は死にたいはずなのに、死ぬのが怖い。ヒロは、必死になって深呼吸を繰り返した。

九日目・二一〇階

丸二日間、同じ階に留まったままだ。

ヒロはもうここで、そのまま息絶えようと思っていた。死ぬことさえできないならば、死を待つしかない。

抵抗を止めたように静かに横たわり、西の海をぼんやりと眺めていた。海も空も以前と変わらない。ただ、流された家屋の残骸や流木などが時々遠くを漂っているのが見えた。また、漁船の姿はあれ以来一隻も見ることがなくなった。もちろん、水族館に来るバスや車も一台もない。誰も来ない。全く静かだ。たったひとり、ヒロだけが、このビクともしない巨大建造物の中で、ひっそりと死を待っていた。

ヒロは目を閉じた。聞こえる音は何もなく、ただ自らの呼吸音だけが静かに聞こえた。この建物に迷い込んだ時にユリが発し続けた「パパ、パパ」という不安げな声が懐かしい。アキがユリの手を引いてこの建物から去っていく姿が、もうずっと過去の遠い記憶のように感じる。

目覚めているつもりなのだが、夢のような光景を見ることがある。夢の中にいるのかと思ったら、未だに生きている自分に気づく。

覚醒と眠りの間を往復していたヒロの混沌とした意識のなかで強く感じられたのは、舌の痛みだった。乾き切った舌は腫れあがり、それが水分を失った口の粘膜とすれあって痛いのだ。意識が覚醒すると、その痛みに顔をしかめるのだが、すぐにまた混とんとした眠りの中に落ちていく。その繰り返し。

苦痛と向き合いながら終わりの時を静かに待ち続けていると、突然、「シューッ」という音が聴こえてきたような気がした。「シューッ」。「シューッ」。ヒロの朦朧とした意識は急速に立ち上がり、目を見開いた。しかし、そこには何の変化もなかった。また、あろうはずもない。ここは、地上はるか上空の閉ざされた孤独な空間なのだ。

何事もなかったかのように再びゆっくりと目を閉じようとしたとき、ヒロの脳裏には、この建物の四階で出会ったあの鯨の姿が薄ぼんやりと浮かび上がってきた。大きな滑り台の上を巨大な黒い塊が、轟音を響かせながら滑り落ちてきたあの瞬間。いったい目の前で何が起きたのか分からない瞬時の出来事だったが、そいつはスローモーションを見るようにゆっくりとヒロの前を通過して行ったのだ。蒸し暑い小さな部屋の空気は、一気にかき乱され、突風のような風が巻き起こった。そこには淀んだものは何もなかった。体中を巡る熱い血液の流れのように空間を潤しながら、そして熱しながら、滑り落ちて行ったのだ。それは、無機質で冷たいこのガラスの建物とは対極にある生命に満ち溢れた、圧倒的な存在だった。

「あいつはまだ生きている」

理由はなかったが、ヒロは、そう確信した。「必ず生きている」と直感した。

あいつこそが、ヒロ自身がこの建物の中に閉じ込められている事実を知っている唯一の存在だ。ヒロがたった一人で生きるために格闘してきたことを知っている唯一の同志なのだ。そのあいつがまだ生きている。この建物の一番奥底で、この建物を支えるかのように生きている。大海原とは真逆の不自由で限られたこの世界で、しかも、人間どものさらし者になりながらも、あいつはたった独りで、誰のためでもない自分自身のために、一番深い場所で生きているのだ。

あの時の、あいつの圧倒的な存在感を思い出していると、ヒロは、あいつこそがこの建物をこの建物たらしめている根源的な存在のような気がしてきた。あいつがいなければ、上にしか登れない奇妙な構造は解消され、あいつが消滅すれば、ヒロ自身も消滅するような気がした。それは、荒唐無稽な突拍子もない想像にすぎなかったが、ヒロには間違いなくそんな気がしてならなかったのだ。

ヒロがそう思った瞬間、あいつの圧倒的な存在感がヒロの体の中に広がっていくようだった。ヒロは横たえた体をゆっくりと持ち上げて、静かにあぐらをかいた。そして、ゆっくりと深く、息を吸い込むと、あいつの圧倒的な存在感と同質のものが、ヒロ自身の奥底からも静かに湧き上がってくるような気がした。

「俺は、生きたい！」

誰かに訴えるかのように、そう叫ぶと、ヒロはゆっくりと立ち上がった。

ふらつく足取りで白い扉に向かった。これまでと同じようにそこには、小さな文字で階数が書かれていた。「二一〇」。ドアに体をもたれかけるようにして押し開けると、これまでと変わらない薄暗い階段と踊り場が目の前に広がった。体を外に出し、ドアから手を離すと、過去を断ち切るような重い音が腹に響いた。

階段に右足を乗せた。倒れないように手すりをしっかりと右手でつかみ、右足にすべての力を集めて足を伸ばすと、体がスッと上に移動した。次に、一つ上の階段に左足を乗せた。手すりをつかみ、全力を込めて左足を伸ばすと、再び体が持ち上がった。右足左足、右足左足、ただただ同じ動作を繰り返しながら、上へ上へと昇って行った。

「上へ上へ」

「上へ上へ」

言葉には出さなかったが、ヒロの頭の中には、そのフレーズが無限ループのように繰り返されていた。他のあらゆる意識や感情や思索が抜け落ちて、ただただ「上へ上へ」と心の中で呟きながら、昇っていった。

「上へ上へ」

「上へ上へ」

これまでも何度も何度も呟いてきたこの言葉は、ヒロにとって生きる力そのものに変質していた。下には降りることはできない。過去に戻ることはできないけれども、上には登れる。未来は、あるのだ。

「上へ上へ」

「上へ上へ」

ヒロは、ただそれだけを呟き続けながら、昇り続けた。

膝を伸ばそうとするたびに足は小刻みに震えたし、視点もどこに定めているのかよく分からない。階段を見つめているようで、何も見ていないような気もする。頭痛はますますひどくなる。口が痛い。腫れ上がった舌がカラカラに乾いた口腔内にへばりつく。

苦痛は大きかったが、それに抗う気持ちはさらさらなかった。痛い、でもそれだけ。そこから逃れたいとも、克服したいとも、思わなかった。苦痛を受け入れながらも、ただただ、「上へ上へ」と呟き続けて、昇り続けた。

そこにあったのは、未来と、未来に向かう今だけだった。行き着いた先がどうなっているのか、そんなことは何も考えなかった。考えたところで、意味がない。仮に、何もなかったとしても、なければそこで息絶えるだろうし、あればそこから次の展開が生まれるだろう。どちらにしても、今、再び〝上〟を目指して、その言葉を呪文のように心の中で繰り返しながら足を動かし続けていると、命の底に残存していた力が、次から次へと染み出して来るような気がしたのだ。

「下には戻れない。けれども上には行けるのだ」

「上へ上へ」

「上へ上へ」

呪文のように心の中で呟き、昇り続けていると、ヒロ自身の奥底から湧き上がってくる力は、ますますその純度を増していくようだった。そこには、不安も諦めもなく、ただ、生きようとする真っすぐな力に溢れていた。

不思議な喜びにも似た感覚に包まれながら昇り続けていくヒロの脳裏からは、ユリやアキの記憶が次第に遠くに去っていくようだった。大事な二人だったけれども、遠い過去の思い出のように、二人の影が薄ぼんやりとなっていくのだ。それが悲しいことだとは思わなかった。

この建物に迷い込んでからというもの、ただひたすら二人のもとに戻ることだけを信じて、夢見て、上へ上へと昇り続けてきた。しかし今は、二人のためではなく、ただ自分自身のためだけに昇っている。

自分自身のためだけに生きているにもかかわらず、不思議と力は衰えない。ヒロはこれまで、ユリとアキがいたからこそ、この意味不明の建造物の中で、もがきながらも上へ上へと進んでこられたのだ。しかし、今は、自分自身のためだけに生きている。にもかかわらず、力は衰えない。むしろ、ますます力が自分自身の中に横溢していくような気さえしている。不思議な高揚感が、ヒロの体を満たしていた。

「上へ上へ」

「上へ上へ」

もはやそれ自体が、喜びだった。今、目の前にあるこの階段を一歩一歩昇り続けること自体が目的だった。

この閉ざされた巨大な空間の中で、誰にも知られずに、誰にも理解されずに、誰のことも思わずに、ただ独り、「上へ上へ」と昇り続けているヒロは、肉体の苦痛に体が崩れそうになりながらも、圧倒的な自分の存在を感じていた。閉ざされた空間の囚われの身でありながらも、「上へ上へ」と昇っていく自分自身は、まさに自由だった。

「上へ上へ」

「上へ上へ」

一〇日目・二九五階

翌日も、ヒロは昇り続けた。

「上へ上へ」

「上へ上へ」

何も考えずただひたすらに歩き、昇り続けた。

横断するワンフロアの面積はずいぶんと狭くなり、日が沈むころになると、学校の教室程度にまで狭まった。ヒロは、頂上が近いことを感じながら、なおも無心で上を目指した。

「上へ上へ」

「上へ上へ」

不思議な高揚感は、まだ続いていた。

「上へ上へ」

「上へ上へ」

横切る部屋の中は、さらに狭くなった。六畳ほどしかない。いよいよ、頂上が近い。この建物を外から見上げたとき、まるで天空を切り裂くように伸びていた、まさにあの先端部分に今、自分は近づいているのだ。地上からは果てしなく遠く、下を見るとまるでジオラマを見ているようで現実味がない。

空は、少しずつ赤みを帯びてきて、そこにはすでに丸い月が出ていた。ヒロは何も考えずゆっくりと、ただ上へ上へと昇り続けた。

二九六階、二九七階、二九八階。

ヒロは、踊り場の白いドアの前に立ちまじまじとドアを見つめた。そこには、「２９９」という数字が書かれてあった。ヒロはそっと手を伸ばしそのプレートを指先で撫でてみた。冷たくツルンとしていた。

ドアを開け、半身だけを部屋の中に滑り込ませると、様子が今までとはまったく違うことに気がついた。光がない。真っ暗なのだ。

ヒロは、中に入るのを躊躇した。体を半分、踊り場に残したまま思考を続けていたが、弱りきった思考は、正しい状況掌握も未来予測も行うことが困難だった。瞬きを繰り返しながら暗い部屋の中を見つめていたが、ついぞ決断を下すことはできなかった。

数分が経過した後、ヒロは逃げるようにして踊り場へ戻った。ドアはドスンという重い音をたてて閉まった。そのまま座り込んだ。冷たいコンクリートの上にあぐらをかきながら、これからどうすべきかを考えた。

「下に戻るか」

「いやいや、下の階には戻れないんだ」

もう何度も開閉を繰り返してきたこの建造物の構造さえ忘れかけていた。口の中は腫れあがり、体は鉛のように重い。尿はほとんど出ていない。意識は薄ぼんやりしている。

「もう、いいか」と呟きながら、身体を倒して横になると、仰ぎ見るように、「２９９」と書かれたプレートを眺めた。

「二九九……。あと一階で三〇〇階」

三〇〇という数字が頭の中でどんどん膨らんだ。

「三〇〇ってどんな世界だ……どうせ死ぬんだったら、踊り場で死ぬのも暗闇の中で死ぬのも、一緒じゃないか」

ヒロは、ゆっくりと起きあがると、熱帯雨林に生息するナマケモノのように動き出した。再びドアを押し開けて、部屋の中へと体を滑り込ませると、やはりそこは一筋の光も射し込まないまっ暗な世界で、ドアから手を離すことが躊躇された。正面の壁にあるはずのドアを凝視したが、開けたドアから漏れ来る光の量はごくわずかで、その様子が分からない。時間が経った。変化はない。じっとしていても前には進めない。ヒロは半開きにしたドアから、ついに手を離した。

「ドン」

今まで何度も聞いてきたドアの閉まる音の中でも、もっとも重い音だった。静寂だけがあたりを包み込んだ。分かってはいたけれども、閉じたドアは、もう二度と開かなかった。

ヒロは、ゆっくりと、正面にあるはずの白いドアを目指して、四つん這いで進んだ。すぐに壁にぶつかった。ゆっくりと立ち上がり、手でまさぐりながらドアノブを探したが、見当たらない。ヒロは、盲者のように手を小刻みに動かしながら壁を撫で続けたが、ドアノブはおろか、ドアと壁の境目さえ見つけ出すことができなかった。しかも、撫でまわしている壁はガラスではなく、その感触はコンクリートだった。

「最後に、これか」

渇いた舌で滑舌の悪くなった声が、か細く狭い部屋に響いた。

そのままドアを求めて四方の壁を撫で続けたが、どこにも何も見当たらなかった。

やがて、ヒロは、窓もドアもない狭いコンクリートの部屋に閉じ込められたことを、受け入れた。ここで死ぬんだと諦めた。静かに横になると、不思議と絶望や怒りはなかった。やっと死ねるとさえ思えた。そう思った瞬間、意識は途絶えた。

目が覚めた、ような気がした。瞼を閉じても開いても暗闇の濃度はまったく変わらなかったが、瞼の開閉をしていることが分かるということは、まだ死んではいないということになる。

「まだ生きているんだ」

嬉しくもなく、かといって悲しくもなかった。

時間の経過が分からない。299階に入ってから、まだ数時間しか経っていないような気もするし、数日も経過したような気もした。昼なのか夜なのかも分からない。

生きているのか死んでいるのかさえ分からない暗闇の中では、触覚と、体をモゾモゾと動かす時に生じる音だけが、生きている証拠だった。手を動かした。顔に触れてみた。鼻も目もある。確かにまだ生きている。深く息を吸ってみると、空気が肺を満たした。ゆっくり吐き出すと、吐き出す音が静かに部屋に響いた。

「やはり生きている」

再び目を閉じた。一分が何時間にも感じる。終わりの時間は目前なのに、そこに到達するまであとどのくらいこの闇の中で時を過ごせばいいのだろうか。

今、自分は、地上から遥か彼方の建造物の先端にいるはずなのに、奈落の底に落ちていくような感覚だった。自分がどんどん押しつぶされて縮小し、地の底に落ちていくようだった。狭い。苦しい。

ヒロは、自分の呼吸だけを意識した。息を吸って、吐く。息を吸って、吐く。ただそれだけのことを、大切に、優しく、繰り返した。それだけが生きることのすべてであるかのように、懸命に、ていねいに繰り返した。息を吸って、吐く。息を吸って、吐く。狭い闇の中には、スーッ、スーッというヒロの呼吸音だけが静かに響いていた。

やがて、押しつぶされるような恐怖感は、次第に遠のいた。

ヒロは、なおも一つ一つの呼吸を、愛おしむかのように静かにていねいに続けていた。吸い込む息は、ヒロの肺の中をヒロとは異なる別の世界からやってきた空気が満たし、外の世界をヒロの中に刻んでいくようだった。吐き出す息は、ヒロの中から零れ落ちた命のかけらを外に運び出し、外の世界にヒロの残像をまき散らすようだった。呼吸は、ヒロと外界をつなぐ命綱だった。

ヒロは、自分の意識があるのかないのか、よく分からなくなってきた。眠っているようでもあり、ひどく覚醒しているようでもあった。自分の呼吸音は聞こえるし、腹部の動きも実感している。しかし、それが現実なのかどうかは、自信が持てない。

ともかく、今は、呼吸がしたい。呼吸が大事だ。ヒロは、吸っては吐いて、吐いては吸うことだけを大切にした。そのスピードとリズムには乱れがなく、淡々と続いていった。永遠に続きそうなその反復作業のなかでヒロが見つめていたものは、今その瞬間の一呼吸だけだった。吸って吐く、吐いて吸う、その一瞬の作業だけに心を定めていると、ヒロのなかには不思議な感覚が広がり始めた。

それは、ヒロ自身とヒロの周りを隔てている壁が、少しずつ薄くなっていくような感覚だった。ヒロをヒロたらしめているものがどんどん希薄になっていくと、ヒロと他との境が分かりづらくなって、ヒロも他も一つになっていくような感覚なのだ。

ヒロは、小さく笑みを浮かべた。なぜなら、この閉ざされた暗闇の中で、たった独りで死を目前にしているはずなのに、自分が独りではないような気がしたからだ。

ユリもアキもその生死は不明だったが、いずれであったとしても、ヒロは二人をそばに感じ始めていた。二人の声がぼんやりと聞こえるし、匂いも漂ってきて、体温さえ感じるような気がするのだ。さらには、二人の感情さえ伝わってくるようで、ヒロは、独りでありながら独りではないと思えてきた。

一一日目・二九九階

自分と他の静かな一体感は、なおも続いていた。完全に独りなのに、独りではない感覚。その静謐な感覚に身を委ねるようにして、ヒロはなおも呼吸を続けていた。

闇の中には、その呼吸音だけが静かに繰り返されていて、不思議な一体感は、さらに拡張を続けているようだった。自分と他を遮る壁はもはや境目さえはっきりしないほど希薄になり、他との一体感はユリやアキだけではなく、この建物自体にも広がっていった。なにかこの建物自体がヒロ自身であるような、あるいはヒロ自身がこの建物であるような気さえしてきたのだ。狭いこの空間に閉じ込められているにもかかわらず、ヒロの中からは、閉塞感や孤独感が、まるで痛みが消え去るように次第に消失していった。それは、実に不思議な感覚だった。

意識が眠りと覚醒の境目を往復していると、何かが聴こえてきたような気がした。ぼんやりした意識の焦点をその音に定めてみると、それはリズムのような音だった。規則正しく刻まれるリズム。けれども、音質は分からない。太鼓の音なのか、人の声なのか、足音なのか、あるいは心臓の鼓動なのか、分からない。分からないけれども、リズミカルに響いてくる。

その方角を感じ取ろうとしたが、分からない。どこかの一点から響いてくるというよりも、この建物全体から響いてきているような気がしてならないのだ。それでも残された意識を集めてその方角を感じ取るとすると、この建物の一番下の奥底から発しているような気がした。何の確証もなかったが、ヒロは、それはあの鯨が発する音のように思えた。心臓の鼓動なのか、鳴き声なのか、ヒレで壁を叩いているのか分からなかったが、あの鯨がこの建物を振動させているように思えて仕方がなかった。

そのリズミカルな音は、力強かった。萎れた心を奮い立たすような、消え入りそうな命を目覚めさすような、闇の中から光が差し込むような、止まった時を再び進めるような、そんな音だった。

その力強い音に耳をすませていると、ヒロの脳裏に一つの言葉が浮かび上がってきた。

「上へ上へ」

「上へ上へ」

これまで何度も繰り返してきた言葉。生き抜くために念じてきた言葉。下には戻れないけれども、上には昇れる。過去には戻れないけれども、未来はあるのだ。そう思わせてくれた大事な言葉。

「上へ上へ」

「上へ上へ」

やがて、建物の奥底から響いてくる音は、「上へ上へ」という言葉となり、「上へ上へ」という言葉は建物の音と共鳴し始め、二つの音と言葉は混然一体となって建物を震わし始めた。そして、それは、閉じかけたヒロの意識も震わし始めた。

「上へ上へ」

「上へ上へ」

ヒロが独り言を呟くようにその言葉を繰り返していると、閉じた瞳が静かに開いた。闇は相変わらず闇だったが、その闇のなかから何かを発見したかのように、ヒロは「上へ上へ」と呟きながら、ゆっくりと上半身を起こし始めた。両手で膝をつかみ、ふらつく体を支えるようにして足を伸ばすと、体がゆっくりと立ち上がった。

「上へ上へ」

「上へ上へ」


呪文を唱えるように呟きながら、ヒロが両手を上にスクッと伸ばすと、何かに手が触れた。ザラザラとした冷たい感触。それは、天井だった。

コンクリート製の天井は、実はヒロの頭上二十センチほどのところにあったのだ。この闇の空間に入り込んだ時、横の壁ばかりをまさぐっていたヒロにとって上は盲点で、手に触れるほど近くに天井があったとは思いもよらないことだった。

ヒロが手のひらで天井をまさぐるように撫で続けていると、幾何学的な形状の溝が指に触れた。それは円形だった。ヒロは朦朧としながらも高揚する意識の中で、その円形の溝を何度もなぞった。

蓋だった。

ヒロは、息を深く吸い、呼吸を整え、両腕に力を込めて思い切りその中心部分を押し上げた。「ガンッ」という金属音が狭い部屋に響き、蓋は持ち上がった。同時に、その隙間からは、猛烈に明るい光が、闇の中になだれ込んできた。

ヒロは、言葉にならない声を漏らしながら、その蓋を横に押しのけた。さらに大きな金属音が「ガシャン」と響いた。光が巨大な滝のように落ちてきて、闇の世界が一瞬で光に満たされた。

目が潰れそうな気がしたヒロは、しばらくの間じっと立ったまま、目が光に慣れるのを待っていた。頭上からは、風の音が聞こえてきた。

地の底に沈みかけていた意識は、次第に立ち上がり、覚醒へと向かい始めた。身体は変わらず重くズルズルと底に沈みそうだったが、意識だけは数秒ごとにその明白さを増していった。静かな心の中には、再び生への騒がしい衝動が動き始めた。

ヒロは、叫び声をあげながら蓋をすべて横に押しのけた。すると、そこには丸い穴がくっきりと現れた。その先には、雲ひとつない真っ青な空が眩しく広がっていた。

身体をそこから出すためには、肘を穴の縁にかけることが必須条件だった。体に残存する力を両脚に集めて飛び上がると、両手の肘はうまく穴の縁に掛かった。腕をわなわなと震わせながら片方ずつ肘を立てると、最後は雄叫びをあげながら下半身を穴から引き抜いた。

そこは、頂上だった。三〇〇階。天井も壁もなかった。

風が強い。ゴーゴーと唸るように吹いている。冷たい空気が頬を叩く。感じられるものすべてが、今までとは全く違っていた。淀んだものは一つもなく、すべてが動き変化し、生きていた。固く閉ざされた空間は打ち払われ、四方八方に無限の自由が広がっていた。闇は一つも残らず霧散し、眩しい光に満ち溢れていた。

ヒロは風に打ち消されるような小さな声で、しかし、しっかりと叫んだ。

「出たぞ。自由だ！」

ヒロは、腰を床に下ろしたまま、しばらくの間、呆然とした表情で風に吹かれていた。身体の細胞のひとつひとつが蘇っていきそうだった。

しばらくして我に返ったヒロが、あたりを見回すと、そこは、風によろめけば簡単に足を踏み外しそうなほど狭い場所だった。しかし、不思議と恐怖はなかった。そこには、手すりも階段も何もなく、大きな避雷針が突き刺さった畳二畳分ほどのコンクリートの床があるだけだった。

ヒロは、避雷針を右手で握りしめたまま、西側の縁から顔を突き出して下を見下ろすと、真っすぐに切り立った壁が大地まで一直線に伸びていた。そして、その先には波が打ち寄せる断崖絶壁が絵のように小さく見えた。東側を見てみると、斜めの面が大地の上までまっすぐに伸びていた。北も南も同様だった。

何もない。これまであった階段もない。期待した新たな展開は、何もなかった。膨らんだ希望は、急速にしぼんでいった。現実というものは、そういうものだ。奇跡を願っても、平然として何も起きないのが、現実というものなのだ。

「おわり」

ヒロは仰向けに横たわると瞼を閉じた。不思議と絶望はなかった。「そんなものだ」と受け入れた。少なくとも、一階下の闇の世界で息絶えるよりは、風が吹き、光が降り注ぐこの場所で息絶える方がどれほど幸せか。人は皆死ぬ。どこかで死ぬ。何らかの原因で死ぬ。

自分は、奇妙な出来事によって、こんな奇妙な場所で息絶えようとしているが、そんなことがあっても不思議じゃない。

それにしても、よく頑張った。わけの分からない事態に巻き込まれ、わけの分からないまま「上へ上へ」と昇って来た。生きる未来を期待しながら昇って来た。できることなら、階段を下りて、時間を巻き戻して、当たり前の日常に帰りたかった。けれども、階段は、上には進めた。上に昇って行く限りは、未来は確かにあったのだ。

「おれは、昇り続けてきた！」

仰向けに横たわったヒロは、心のなかでそう叫ぶと、拳を握って空に突き立てた。

そこには、雲ひとつない真っ青な空間が広がっていた。誰もいない巨大建造物の先端で、たったひとり強風に吹かれている自分だったが、その無限の青に包まれていると、独り歩んできた自分自身が愛おしくて仕方がなかった。

ヒロの瞼に映るその青空からは、ヒロの意識レベルが低下し始めるのと比例するかのように、光の明るさが徐々に失われ始めた。澄んだ青は、灰色がかった青となり、やがて暗い青に変貌していった。

その時、再び、あの音が聴こえてきた。ゴーゴーという強烈な風の音が充満するこの空間で、聴こえる音など他にはないはずなのだが、それは確かに聴こえる。目をつぶると、それは外からではなく、ヒロ自身の中の奥底から聞こえてくるのだ。

「上へ上へ」

「上へ上へ」

ヒロは、その声に促されるように、避雷針を握りしめて立ち上がると、上空の青空を見つめた。懐かしそうな表情で空の一点を凝視していたかと思うと、手を伸ばして何かを捕まえるような素振りを見せながら、まるで階段を昇るかのように、右足をゆっくりと前へ一歩踏み出した。

その瞬間、階段を踏み外したような感覚に包まれた。視界が一八十度ゆっくりとスローモーションのようにひっくり返ると同時に、胸と額には打撃痛が走った。次の瞬間、筒状のような空間に放り込まれたかと思うと、ヒロの体は、大きく弧を描くように宙を舞い始めた。

光は消え、再び闇だけが広がった。狭い筒状の闇のなかを、弧を描きながら猛烈な速度で落下していることだけは分かった。だが、どこをどう移動しているかは、想像もできなかった。強烈な遠心力によって体が筒状の壁に強く押しつけられ、呼吸がしづらい。体の自由もきかず、頭をグラグラと揺すぶられ、時に上下がひっくり返るように五体が舞う。

闇のなかで弄ばれるような苦痛の時間は、いつ果てるともなく続いたが、その落下速度と弧の角度は、徐々に緩やかなものへと変わっていった。体を壁に押しつける遠心力は徐々に弱まり、上下左右も分別できないほど宙を舞った体は落ち着きを取り戻し、頭が上の状態で落下を続けた。

ヒロは、自分がまだ生きていることを自覚しながらその落下に身を任していたが、突然、光に包まれたかと思うと、体は放物線を描くように宙を舞った。まるで産道を飛び出して、外界に放り出されたような気がした瞬間、背中に衝撃が走り、水に包まれた。そこで意識は、プツリと途絶えた。

一二日目・外

意識が戻った時、ヒロは、巨大水槽の脇に倒れていた。そこは、飼育員が鯨に餌のオキアミを撒いていた場所だった。生臭い夏の漁港のような匂いがした。

ヨロヨロと立ちあがったヒロは、水槽をぼんやりと見降ろした。水槽の淵には、数段の階段が見えたが、自分がそこを登ってきたという記憶はない。ただ、服が濡れていることを考えれば、水槽の中に放り出されたことだけは、間違いなさそうだった。

ヒロは、壁に手を添えながら水族館の入り口を目指した。濡れた靴と服が重い。足を引っ張る亡霊から逃れるように必死に足を持ち上げて、夢遊病者のように前を見ながら歩いた。

自動販売機が目に入った瞬間、ヒロの手は震え出した。まだかろうじて腰にへばりついていたウエストバッグから財布を取り出すと、急いで硬貨を投入口に押し込もうとしたが、手が震えて穴に入らない。虚しく手元から床に転がり落ちた硬貨を無視して、もう一枚別の硬貨を取り出すと、一秒を惜しむかのように慎重に穴に押し入れた。硬貨が乾いた音を立てながら中に落ちると、陳列された各ドリンクの照明が、まるで命が灯されたかのように一斉に点灯した。ボタンを押すと、ゴロンという重量感のある音が下から響いた。ヒロは震える手でそれを取り出すと、先を競うがごとくにキャップをひねり、液体を口のなかへと流し込んだ。

ヒロは、そのまま倒れ込み、死んだように眠り続けた。

一三日目・外

目が覚めると明け方だった。空はまだ深い藍色に満たされていた。

ヒロは、仰向けになったまま、オレンジ色が微かに滲み始めた空を見上げた。

「生きて戻ってきたんだ」

風の音と鳥のさえずりが、すぐそばから聴こえてきた。びしょ濡れだった衣服も、一晩のうちにほとんど渇いていた。あやふやだった意識は、焦点が定まったかのようにほぼ安定し、地の底に沈みこむように重かった体には、わずかではあったが熱量と力が戻ってきた。

光量が増した空が黄金に輝き始めたころ、ヒロは、ゆっくりと立ち上がると、再び自動販売機に硬貨を投入した。今度は、手は震えなかった。どのドリンクを選ぶか少し迷いながら、ボタンを押した。

命が宿る液体を慈しむかのように体のなかに流し込むと、少し離れたところにあるフードコートに向かって歩き出した。開けっぱなしの壊れたドアの隙間から中に入ると、人は誰もいなかった。

丼屋、洋食屋、ラーメン屋、ハンバーガーショップなど、さまざまな飲食店が軒を並べていたが、いずれも地震発生当時の姿そのままで、あたり一帯には割れたお皿やコップが散乱していた。床には、こぼれた汁や麺や肉が散乱していて、その半分は干からびて、半分は腐敗していた。各店舗の転倒した冷蔵庫からは、食材が、吐き出された汚物のようにこぼれ出ていた。津波は、ここまでは到達しなかったようだ。

ヒロは、倒れた丸椅子を起こし、そこに腰を下ろした。黙ったまま、その空間を眺めた。静かだ。音がない。人々を和ませたであろう楽しげな音楽は姿を消し、店員の元気な挨拶や、各テーブルから響いたはずの笑い声も失われていた。

割れた窓ガラスから吹き込んできた風が、テーブルの上の紙コップを吹き飛ばすと、コロンという小さな音が、大きく響いた。

東の空から零れ始めた朝日が、木々の隙間をぬって窓から差し込んできたが、荒れ果てた空間のなかには、その光の届かない数多くの濃淡のある陰影が隠されていた。それらは、あの日の恐怖や悲しみを隠し持つかのごとく、恐る恐るこちらを覗きこんでいた。

その光と影をじっと見つめていると、逃げまどう人々の残像が、そこかしこから立ちあがってくるような気がした。我が子を抱きしめる母、しがみつく子。怒声と叫び声と、地鳴りのような音が、大地の底から響いてきたような気がした時、ヒロはそれを吹き払うように、スッと立ち上がった。

ハンバーガーショップの中に足を踏み入れると、床に散乱した多くのバンズのなかからひとつを拾い上げ、ゆっくりと口にはさんだ。異臭はしない。ヒロは確かめるように口を動かすと、バンズは噛み砕かれ唾液と混じり、ほのかな甘みとなって口の中に広がった。食道を通過しながら胃袋へと落下していく感触が、映像を見るかのように脳のなかに広がった。

水族館の入り口の自動扉の前に立ったヒロは、額をガラスに押しつけて中の様子を探ろうと目を凝らしたが、中は暗くてほとんど何も見えなかった。閉じたままのガラスの扉に両手の指を差し込んで、左右に力任せにこじ開けようとしたけれども、扉はビクともしなかった。それは、人の来訪を頑なに拒むように、目の前に立ちふさがっていた。

ヒロは、薄暗い中の様子を凝視しながら、迷い込んだあの日の階段を思い出していた。その階段の上には、あの白いドアが立っていたはずだが、それは今も変わらず、そこにあるのだろうか。ないわけはないのだが、あるとも断言できなかった。ヒロは、自分のルーツを探るように、目を凝らしてガラスの奥に広がる暗い空間を凝視し続けた。

ヒロは、もう一度、鯨の水槽へと足を向けた。水に濡れたままのヒロが横たわっていた場所だ。その場所に立つと、あらためて水槽の巨大さに目を見張った。まるで湖、あるいは入り江のような大きさだった。その巨大な水槽の水面は、柔らかな風に吹かれて静かに波立っていた。

「あいつは、生きているのだろうか」

ヒロは、大事な人を捜し回るような切実な目で、水のなかをまさぐったが、生命の気配はない。ゆったりと穏やかに揺れる波の下には、その水深の深さを物語るような、黒に近い濃紺がどこまでも広がっているだけだった。

「死んだのか」

深い水の奥底に、力尽きて沈殿してしまったあの鯨の目が、ヒロの脳裏に浮かんだ時、水面に朝日が差し込んできた。その光の筋は、水の中に屈折しながら入り込み、大きく揺れた。

その時だった。ずっと奥底の遠い場所に、巨大な黒い影がゆっくりと動いたような気がしたのだ。それは、左から右に、何の気配も感じさせないほどの静寂をもって、移動した。しかし、それが本当にあの鯨のシルエットなのか、あるいは、差し込む光の影だったのかは、分からない。

ヒロはじっと水の中を凝視し続けたが、それ以降、一度も影は現れなかった。もう一度あの音を聴きたくて耳をそばだててみたが、聴こえてくるものは何もなく、ただ、水面を静かに揺らす風の音が微かに聴こえるだけだった。

水族館の門を出た。建造物を下から見上げてみたが、倒壊するどころか、破損したガラスさえも見当たらない。ヒビひとつも入っていなかった。それは、完璧に〝揺るぎのないもの〟だった。

「さあ、行こう」

過去と決別するかのように、ヒロはゆっくりと歩き始めた。

草原の中を走る広い道路には、誰もいなかった。ヒロ独りが、ただ歩いていた。風が吹いている。草がなびいている。開いたばかりの瑞々しいススキの穂が、朝日に照らされて一斉に大きく風に揺れていた。光の度を増す青い空を背景に、その黄金の波は、まるで生きているかのようだった。その波を見つめながら、ヒロは、あの建造物の中で起きた不思議な出来事を思い出していた。

「あれは、幻だったのだろうか」

揺れるススキに問いかけてみたが、答えは何も返って来なかった。

ススキが揺れる草原の一本道をひたすら歩き続けていると、あの日、夕日のなかを遠ざかるパトカーの光景が脳裏に浮かんだ。車の後部座席で何度も後ろを振り返るユリの顔は、今でもはっきりと覚えている。

「二人は生きているのだろうか」

そんなことは、だれにも分からない。

萎えそうな心が、ヒロの足を重くしそうになった時には、ヒロはこう呟くのだった。

「上へ上へ」

ヒロは、ススキの黄金の波の中を、まるで階段を昇り続けるかのように、「上へ上へ」と呟きながら、歩き続けた。

「上へ上へ」

たった独りで、歩き続けた。

一度だけ歩みを止めると、意を決したように後ろを振り返った。そこには、あの巨大な建造物が、生まれたばかりの朝日に照らされて、まるで〝ヒロ自身〟であるかのように屹立していた。その鋭角な先端は、真っ青な空を突き刺すがごとく、輝きながら天空に伸びていた。

（了）

あとがき

平成十七年、『朱色の命』が第十六回日本海文学大賞（中日新聞北陸本社主催）を受賞してから、もうずいぶんと時間が経ってしまいました。

残念ながら当時は出版化には至りませんでしたが、その後も私は、新たな文学賞獲得への挑戦を、懲りることなく、熱にうなされるかのように続けてきました。ところが最近、その熱は突然、急速に消え失せてしまったのです。原因は判然としないのですが、おそらく「納得」ができたからでしょう。それは、決して残念なことではなく、むしろ、これまで挑戦を続けてこられたことへの感謝と自身への労いと、そして、やっと熱から解放されたような穏やかさが、そこにはありました。

そんな矢先に、仕事でお世話になっている方々から、『朱色の命』の単行本化の話が舞い込みました。過去に埋もれた作品を今さらながらに掘り起こして下さったことに感謝すると同時に、熱にうなされることからやっと解放されたタイミングで舞い込んだその出来事に、時の巡り合わせと人の縁の不思議さというものを、つくづく感ぜざるをえませんでした。

背中を押してくださったフリー編集者のA様と出版社社長のO様、論創社社長の森下紀夫様と小田嶋源様に感謝申し上げます。また、仕事で大変お世話になっている俳人の夏井いつき先生には、鋭き洞察で過分な評価の推薦文を寄せて頂き、感謝の念は尽きません。

本書に収めたもう一つの『ただ独り歩め』は、近年の作品です。『朱色の命』とは趣も方法も全く異なりますが、同じ何かを描こうとしていたような気がします。

著　者

長野修（ながの・おさむ）
1960年、佐賀県生まれ。明治大学政経学部卒。新聞社、出版社などを経てフリーのライターに。教育、医療、企業経営などを中心に執筆。平成17年、『朱色の命』で第16回日本海文学大賞を受賞。

朱色の命

2020年10月20日　初版第1刷印刷
2020年10月30日　初版第1刷発行

著　者　長 野 修
発行者　森下紀夫
発行所　論 創 社
東京都千代田区神田神保町2-23　北井ビル
tel. 03（3264）5254　fax. 03（3264）5232　web. http://www.ronso.co.jp/
振替口座　00160-1-155266
装幀／奥定泰之
印刷・製本／中央精版印刷　組版／ロン企画
ISBN978-4-8460-1991-4　©2020 Nagano Osamu, printed in Japan
落丁・乱丁本はお取り替えいたします。